KB270654

韓國古典文學 100

5

李鳳彬傳
金鶴公傳
李春風傳
金氏烈行錄

編者 —————————
文學博士 金 起 東
文學博士 全 圭 泰

瑞 文 堂

차 례

책머리에

우리 古典文學을 현대화하는 방법에는 여러 가지가 있을 것이다. 우선 그 어려운 古文을 現代 綴字法으로 옮겨 독자들이 쉽게 읽도록 하는 방법이 그 첫째의 단계라고 생각한다.

이와 같은 고전문학의 現代化作業은 우리 學界에 꾸준히 진행되어 왔으나 현재 그 절반도 미치지 못하고 있는 實情이다.

현존하는 300여 편이나 되는 방대한 고전소설만 하더라도 현재 시판되고 있는 〈韓國古典文學全集〉에서는 40여 편만이 현대화되어 있을 뿐이다.

이에 우리는 현존하는 모든 고전소설을 현대 철자법으로 개편하되 원문에 충실하여 學的 價値가 있도록 하였고, 漢文小說은 번역하여 수록했으며, 독자의 편의를 위하여 어려운 漢字語를 노출시켰을 뿐 아니라 어려운 漢文語나 人名·地名 등 故事에는 脚注를 달았다.

부디 이 〈韓國古典文學〉이 많이 읽혀져 현대인이 가질 수 없는 우리 先人들의 인생관을 되찾아서 새로운 민족문학의 전통을 수립하는 데 이바지할 수 있다면 다행으로 여기겠다.

1984. 1.

編者 識

李鳳彬傳

〔해　설〕　**李鳳彬傳**

──여주인공의 무용담을 그린 영웅소설

　이 작품은 여주인공의 무용담만을 엮어놓은 여성 중심의 영웅소설이다. 여주인공의 약혼녀인 운공자(妘公子)는 전혀 활약하지 않고 부친과 온갖 고난을 겪다가 여주인공　이봉빈에게 구출되기 때문에 남녀 주인공들의 낭만적인 결연담은　표현되지 않았다.

　여주인공 이봉빈이 남장을 하고 어사의 딸과　결혼을　하고 그 이후에 같이 운공자를 섬기는 것은 〈홍백화전(紅白花傳)〉의 결연 과정과 비슷하지만 영웅소설에서는 더러 있는　결구법이다.

　앞에서는 이봉빈이 용궁으로 들어가 자신의 전생담을 듣고 뒤에서는 용왕으로부터 운공부자를 구출할 수 있는 교시를 받고 나온다는 것이 이 작품의 특색이라 하겠다.

　다른 영웅소설과 같이 도사를 만나 도를 닦지 않고 바로 과거에 장원급제하고 대원수가 되어 출전하는 것도 특이하지만 여자란 신분이 밝혀진 후에도 관직을 부여하고 봉작하는 것은 여성을 영웅시한 다른 소설과 비슷하므로 독창은 아니다.

　무엇보다도 여주인공만이 영웅적 무공을 세운다는 것이 이 작품의 플로트이겠으나 그 독창적 플로트에 비해 영웅소설로서의 새로운 문제를 제시 못한 것이 아쉽다고 하겠다.

李鳳彬傳

이 봉 빈 전

화설. 대명 성화년간 五關 太學洞에 일위 명사가 있으니, 성은 李요, 이름은 重彩니, 누대 簪纓之族으로 소년 등과하여 벼슬이 吏部尚書에 이르고 가세가 부유하니, 평생에 그리울 것이 없으되, 다만 슬하에 일점 혈육이 없어 매양 슬허하더니, 하루는 상서가 조회에 들어갔더니 상이 가라사대,

「경이 자녀를 몇이나 두었느뇨.」

하시거늘, 상서가 복지 주왈,

「일찌기 자녀를 보지 못하였나이다.」

하고, 물러나와 부인 賈氏를 대하여 황상의 하문하심을 이르고 슬허함을 마지 아니하니, 부인이 避席 對曰,

「이는 첩의 죄악이 지극하옴이라, 고서에 일렀으되, 七去之惡이 있사오매 無子하면 버린다 하오니, 이는 선영

향화를 위함이라. 빌건대 군자는 무용한 첩을 인연하여 屢代 香花가 끊이게 하지 마시고, 일찍 타문의 숙녀를 취하사 후사를 이으시면, 첩이 비록 지금 죽사와도 餘恨이 없을까 하나이다.」

상서 왈,

「이 어찌 부인의 허물이라 하리오만, 생의 命道가 崎嶇함이오니 부인은 부질없는 말씀을 하시와 나의 마음을 상하게 하지 마소서.」

하고 위로함을 마지 아니하니, 부인이 상서의 寬厚하심을 못내 감격하더라.

하루는 부인이 일몽을 얻으니, 공중에 오색 구름이 일어나며 일위 선녀가 채운을 헤치고 내려와 부인께 절하고 왈,

「첩은 玉京仙女이옵더니, 우연히 상제께 득죄하여 인간에 내치시매 돌아갈 바를 알지 못하여, 부인께 의탁코자 하오니 어여삐 여기소서.」

하고 품안으로 들거늘, 놀라 깨니 南柯一夢이라. 심중에 괴이 여겨, 상서를 깨워 몽사를 이르니, 상서가 기뻐 왈,

「신명이 우리의 무자식함을 불쌍히 여기사 장차 자식을 주시려 하심이로다.」

하고 신기히 여기더니, 과연 그 달부터 태기가 있어 십삭이 차매, 일일은 彩雲이 집을 두르고 방중에 향기가 진동하더니, 부인이 침상에 누워 신음하다가 해산하니, 일개 玉女를 낳는지라.

상서가 비록 낭자 아님을 섭섭히 여기나 아이 소리가 슬하에 처음이라, 남녀를 혐의치 아니하고 향수에 씻겨 누이고 자세히 살펴보니, 청수한 골격이 俗態 凡骨이 아

니라, 이름을 鳳彬이라 하고 사랑함을 마지 아니하더라.

점점 자라매 총명 혜일하여 재질이 과인하여 여공 범절이 진선 진미하니, 진실로 일세에 무쌍한지라, 부모의 총애함이 掌中寶玉 같더라.

각설, 永陵 땅에 退仕한 일위 재상이 있으니, 성은 妘이요, 이름은 琮이라. 소년 등과하여 벼슬이 兵部尚書에 이르니, 명망이 조야에 으뜸이나, 슬하에 일개의 자녀가 없으므로 명산 대찰에 지성으로 기도하더니, 일일은 상서가 일몽을 얻으니, 일위 선관이 하늘에서 내려와 상서 앞에 이르러 재배 고왈,

「소자는 紫微宮 선관이러니, 상제께 득죄하여 인간에 내치시매 雲水山 신령이 지시하옵기로 의탁코자 왔사오니 어여삐 여기소서.」

하거늘, 놀라 깨니 枕上一夢이라.

부인을 깨워 몽사를 이르고 서로 기뻐하더니, 그 달부터 잉태하여 십삭 만에 일개 옥동자를 탄생하니, 상서부부가 기뻐하여 이름을 琦라 하다.

점점 자라매 玉貌 仙風이 진세에 뛰어나고 글을 배우매 총명이 과인하여 聞一知十하므로, 사서 오경과 제자백가를 무불통지하니 공의 부부가 사랑함이 비할 데 없더라.

차설, 이상서가 운공과 더불어 한 조정에 벼슬하여 교제 친밀하더니, 하루는 이공이 운공을 만나 寒暄을 파하고 좌를 정하매, 한 소년이 운공 곁에 뫼셨다가 공손히 배알하거늘, 공이 문왈,

「이 아이는 뉘집 수재뇨.」

운공 왈,

「소제의 아이로소이다.」

이공 왈,

「어찌 봄이 늦으뇨.」

하고 손을 잡고 가로되,

「너의 방년이 지금 몇이며, 학문은 무엇을 배웠느뇨.」

공자가 공경 대왈,

「나이는 칠세요, 글은 사서 오경을 대강 외웠나이다.」

하거늘, 이공이 기특히 여겨 칭찬 왈,

「이 아이 후일에 黃閣 주인이 되리로다.」

하고 운공을 향하여 왈,

「소제는 늦도록 자녀를 두지 못하다가 우연히 일개 여아를 얻으니, 나이 지금 칠세라, 菲薄 陋質이 才貌 庸劣하오나, 君子의 巾櫛을 받들음즉 하오니, 외람하오나 더럽다 하지 마시고 백년 가약을 허락하시리이까.」

윤공이 혼연히 왈,

「형의 마음이 여차하실진대 소제가 어찌 감히 사양하오리까.」

하고, 주과를 내어 즐기며 장성하기를 기다려 성취함을 牢約하고, 집에 돌아와 부인을 보고 윤공자와 혼사를 정한 수말을 전하니, 부인이 두 아이의 생년월일이 같음을 보고 더욱 기뻐하더라.

차시에 姜熙라는 사람의 벼슬이 閣老에 달하여 국정을 擅恣하며, 威權이 일국에 으뜸이나 본래 소인이라, 간당을 체결하여 天聰을 가리우니, 현인 군자가 한 조정에서 어깨를 겨루기를 더럽게 여기더라. 한 아들을 두고 배필을 구하더니, 이상서의 여아가 색덕이 겸비함을 듣고 매파를 보내어 청혼하거늘, 상서가 운공의 아들과 청혼하

여 허락치 아니하니, 매파가 돌아와 이대로 고한대, 각
노가 불열 왈,

　「이가 여아의 나이 어리거늘 어찌 정혼하였으리오. 이
　는 반드시 거짓이로다.」

　매파 대왈,

　「외인의 말을 듣사오니 정혼함이 분명하더이다.」

　각노가 침음 양구에 왈,

　「비록 정혼하였으나 聘幣^{빙폐}는 전하지 아니하였으리니, 형
　편을 보아 도모하리라.」

하더라.

　차시에 국태 민안하고 가급 인족하므로, 천자가 太平^{태평}
宴^연을 배설하시고 백관을 모으사 즐기실 제, 운공이 마침
신병으로 참여치 못하였더니, 상이 가라사대,

　「운종이 무슨 병으로 조회에 나오지 못하느뇨.」

　강희 주왈,

　「신이 친히 나아가 알고 啓達^{계달}하오리다.」

　상이 즉시 윤허하시니, 강희 운부에 이르러 예를 마치
고 이윽히 수작하다가 들어와 榻前^{탑전}에 주달하되,

　「신이 운종의 병세를 탐지하오니 거짓 칭병하여 經筵^{경연}
　을 불참함이니, 복원 황상은 살피소서.」

하니, 天顏^{천안}이 不悅^{불열}하사 침음하시거늘, 강희 생각하되,

　「이때를 타서 운종을 해치고 혼사를 빼앗으리라.」

하고 다시 주왈,

　「폐하의 성덕이 여천하사 雨順風調^{우순풍조}하매 사해 창생이
　堯舜 昇平^{요순 승평}을 즐기옵는지라, 폐하 경연을 베푸시고 만
　조 백관을 모으사 동락하시니 문무 제신이 모두 축하
　하옵거늘, 오직 운종이 불참하오니 이는 비방하는 뜻이

있사옴이라, 복원 황상은 그 죄를 다스리사 신등과 만
민의 共同之忿을 풀게 하소서.」

상이 가라사대,

「운종은 본래 忠直之臣이라, 비록 일시 과실이 있으나
어찌 중죄로 다스리리오. 遠竄하여 스스로 회개하게
하라.」

하시니, 강희 생각하되,

「내 운종을 해치고 기자를 죽여 나의 심중에 품은 일
을 성취하려 하였더니, 황상이 按事하시니 어찌하리오.
그러나 다시 기회를 보리라.」

하고 절도에 원찬할새, 수로로 만리를 가게 된지라. 천
금을 내어 채관을 주고 당부하되,

「여 등이 운종을 押送하다가 수중에서 여차여차하라.」

하니, 채관이 대희하여 배사 왈,

「어찌 감히 존명을 거역하오리까.」

하고 물러가더라.

차설, 운공자의 나이 십삼세라. 부친이 의외의 원적을
당하시니 천지가 망극한지라, 不勝大忿하여 왈,

「이는 반드시 강희의 소위니, 무슨 원수로 나의 부친
을 모해하는고.」

하며 통곡함을 마지 아니하니, 운공이 더욱 招悵하여 위
로하더니, 채관이 이르러 어명을 전하고 떠나기를 재촉
하거늘, 상서가 行李를 收拾하여 발행할새, 부인과 더불
어 보중함을 서로 당부하니, 그 경상은 목석이라도 또한
슬픔을 머금을러라. 운공자 부인게 고왈,

「소자는 야야를 따라 적소에 가오니 모친은 천안 보중
하소서.」

하니, 부인이 더욱 悲感하여 공자의 손을 잡고 눈물을 흘려 왈,

「수륙 만리에 무사히 득달함을 천지신명께 축수하노라.」
하고 流涙滂滂하더라.

차시 운공부자가 집을 떠나 강두에 이르니, 사공이 배를 준비하여 대이거늘, 운공이 창두 두 명을 데리고 배에 올라 중류로 내려갈새, 날이 저물매 강 중에서 밤을 지내더니, 사공 십여 명이 일시에 달려들어 운공을 결박하여 물에 넣으려 하거늘, 공자가 大罵 왈,

「여 등은 무슨 緣故로 우리 부친을 해치고자 하느냐.」

사공 등이 대답치 아니하고 공자를 또한 결박하여 죽이려 하거늘, 공자가 事勢가 爲急함을 보고 애걸 왈,

「여 등이 재물을 겁탈하려 하거든, 우리 행리를 모두 수탐할지라도 나의 부친을 살려 주면 어찌 은혜 아니리오.」

도적 왈,

「너의 부자가 나라에 득죄하고, 또 막로의 명이 계시니 어찌 살기를 바라리오. 죽어도 우리를 원망치 말아라.」

하거늘, 공자 왈,

「각로와 원수진 것 없거늘 이렇듯 죽이려 하니 어찌 痛忿치 아니하리오. 여 등 또한 사람이니, 나만 죽이고 나의 부친을 살려 주면 내 죽어도 그 은혜를 갚으러 하노라.」

도적 중에 일인이 가로되,

「각로의 명이 비록 至嚴하나, 이 아이 그 부친을 위하는 정성이 지극하니, 그 결박한 것을 끄르고 물에 넣

으라.」

하거늘, 도적 등이 그 결박을 풀고 운공부자를 물에 들

이칠새, 그 중에 李熹라는 도적이 눈물을 흘려 왈,

「이는 강각로의 명이오니 어찌 거역하리오. 비록 水中

怨死를 당하실지라도 우리 등은 원망치 마소서.」

하고 운공부자를 물에 넣으니, 잔잔한 창파가 홀연 洶洶

하더라.

　도적 등이 행리를 수탐하여 재물을 나눠 가지고 배를

깨뜨려 파선한 모양으로 수상에 버리고 浙江府에 들어가

告官하니, 절강태수가 또한 강희의 뇌물을 받은지라. 운

공부자가 溺水 慘死함으로 계달하니, 천자가 애석하사 후

회하심을 마지 아니하시더라.

　차시 강희가 저의 소원을 이르고 그 부인에게 수말을

전하니, 부인이 대경 왈,

「인명이 至重하거늘 무죄한 사람을 무고히 살해하니 어

찌 신명의 벌이 없으리오. 이것으로 우리 姜門이 창성

치 못하리로소이다.」

하거늘, 강희가 그 말을 듣고 심중에 怏怏不樂하더라.

　차설, 운공의 부인 黃氏가 운공부자를 적소에 보내고 주

야로 슬허하더니, 절강태수의 奏文을 듣고 방성통곡하다

가 기절하니, 시비 등이 구호하여 다시 정신을 차리고 仰

天長嘆 왈,

「상공부자가 무슨 죄로 萬頃蒼波에 참사하여 魚腹中

孤魂이 되었는고. 운기야, 네 부친을 따라가더니, 혼백

이 어느 곳에 방황하느뇨. 육지 같으면 시신이나 찾아

선영에 안장을 하련마는, 전생 차생에 무슨 죄악이 그

다지 중하여 이러한 원사를 당하였느뇨.」

하며, 다시 통곡하다가 기운이 막혀 기절하니, 일가가 민망하여 지성으로 구호하고 만단 위로하니, 부인이 겨우 정신을 진정하여 관곽을 준비하여, 공의 부자 의복을 빌염하여 선산에 장사하고 주야 슬허하더라.

차시 봉빈이 운공부자의 익수참사함을 듣고 大驚失色(대경실색)하여, 급히 부친 앞에 나아가 고왈,

「듣자오니 운상서부자가 적소로 가다가 물에 빠져 죽었다 하오니, 그 소식이 진실이오이까.」

공이 추연 탄왈,

「그러하거니와 네 알 바가 아니라.」

하시거늘, 소저가 아미를 숙이고 왈,

「소녀 칠세에 운공자와 더불어 定盟(정맹)함이 金石(금석) 같삽고 소녀에게 하신 말씀이 생생하거늘, 야야는 어찌 이같이 이르시나이까.」

하고, 침소에 돌아와 發喪痛哭(발상통곡)하고, 상복을 입고 운공의 神位(신위)를 배설하고 조석 곡읍을 마지 아니하거늘, 부모가 불가함을 개유하나 소저가 불청하니 부모가 만류하지 못하더라.

차설, 운공부인 황씨가 주야 애곡하여 용모가 초취하고 기력이 衰盡(쇠진)하여 침석에 몸을 던지니, 그 참혹함을 차마 보지 못하더라.

차시 이상서가 운공부자의 참사함과, 소저의 형상을 차마 보지 못하여 병을 얻어 날로 신음하다가 점점 沈重(침중)하니, 스스로 살지 못할 줄 알고 부인과 여아를 대하여 왈,

「내 천명이 다하여 회생치 못하리니, 부인은 여아를 데리고 좋이 보중하소서.」

하며 소저의 손을 잡고 왈,

「내 너를 길러 鴛鴦의 雙遊함을 보려 하였더니, 시운
이 불리하여 저의 부자가 의외의 참사를 당하였으니 어
찌 가련치 않으리오. 하늘이 돕지 아니하사 운공부자
의 원수를 갚지 못하고, 내 또한 九泉에 돌아가니 어찌
비창하지 않으리오. 天定한 壽限을 어찌하지 못할지
라. 너는 내 죽은 후라도 과히 슬허하지 말고 너의 모
친을 모셔 길이 安過하라.」
하고 장탄 일성에 奄然히 별세하니, 부인과 소저가 망극
하여 방성통곡하다가, 부인이 또한 기운이 다하여 구하
지 못하고 인하여 기세하니, 소저의 窮天之痛이 어떠하
리오. 자주 혼절하니 시비 雪香이 지성으로 위로 왈,

「소저가 이렇듯 하여 또한 옥체를 보존치 못하시면 노
야와 부인의 후사를 어찌하리오.」
하며 눈물을 금치 못하거늘, 소저가 비록 망극하나 설향
의 말에 감동하여 初終을 지낸 후, 후원에 예빙하고 조
석 상석을 극진히 받들더라.

차설, 강희가 이공부부의 구몰함을 듣고 대희하여 이소
저의 外舅 賈炫을 청하여 이르되,

「그대 생질 이소저가 양친의 구몰함을 당하고 가사를
신칙할 이가 없다 하니 노복의 돈아로 百年 佳耦를 맺
으려 하여 그대를 청하였나니, 그대는 수고를 아끼지
말고 主婚하여 성친하면, 내 장차 天陛에 천거하여 벼
슬을 얻게 하리라.」
하거늘 가현이 손사 왈,

「학생이 어찌 벼슬을 바라리까마는 상공의 분부 여차
하시니 마땅히 힘을 다하오리다. 그러하오나 듣사오니
이상서가 생시에 운공자와 더불어 結約함이 있다 하더

22

니, 질녀가 운공부자의 죽음을 듣고 發喪하고 神位 排
設하여 삼년을 마치려 한다 하오니, 졸연히 그 마음을
돌이키지 못하올지라, 그러므로 상공의 명을 봉행치 못
할까 하나이다.」

강희 소왈,

「이소저가 어찌 헛된 언약을 지켜 청춘을 虛送하리오.
그대는 좋은 말로 잘 개유하여 마음을 돌리게 하라.」

가현이 응낙하고 물러나와 이부에 이르러 소저의 외로
움을 무수히 위로하고 펴 가로되,

「네 양친이 구몰하시고 운생의 집이 망하였으니, 어찌
헛된 절개를 지켜 空閨에 늙으리오. 당당히 아름다운
군자를 택하여 부귀를 누리고, 선영 향화가 끊이게 하
지 아니하면 無上한 大孝라. 내 잠간 들으니 각로 강
희의 권세가 일국을 기울이니 부귀가 제일이라, 세상
사람 누가 아니 推仰하리오. 제 아들을 두었으되, 容
貌 才學이 當時 君子라. 조정 대신 중에 여아를 둔 자
가 사위를 삼고자 하지 않는 이가 없으나, 각로 시종
허락치 아니하더니, 마침 너의 덕행을 듣고 나로 하여
금 구혼하는 뜻을 이르니, 이는 門戶의 榮華라. 현질
의 뜻은 어떠하뇨. 모름지기 사양치 말라.」

하거늘, 소저가 이 말을 듣고 발연 변색 왈,

「옛말에 일렀으되, 忠臣은 不事二君이요, 烈女는 不更
二夫라 하였사오니, 소질이 비록 운생과 예는 행하지
아니하였으나, 양가 부모가 신명께 맹세하였사오니 運
數가 불행하여 익수 참사하였사오나 맹세는 변치 아니
하였사온지라. 罪侄이 마땅히 그 뒤를 따를 것이로되,
선영 향화를 받들 사람이 없는고로 頑命을 부지하였

삽거니와, 강희의 고기를 씹어 원수 갚음을 주야로 發
願하옵거늘, 숙부가 외로운 힘을 보조치는 못하시나,
어찌 원수와 더불어 불의를 맺으라 하시나이까. 실로
평일에 바라던 바가 아니로소이다.」

하고, 言罷에 추파를 거스려 가현을 보니 기색이 냉담한
지라. 가현이 무료하여 다시 일언을 하지 못하고, 강부
에 돌아와 首末을 전하니, 강희가 생각하되,

「이 여자가 나를 원수로 置簿하니, 만일 취치 못하면
후환이 되리라.」

하고 가현에게 일러 왈,

「이소저의 정절이 금석 같으니 무슨 계교로 회심케 하
오리오.」

가현이 대왈,

「질녀의 마음이 철석 같사와 돌이킬 길이 없사오나 주
장할 사람은 학생뿐이오니, 상공은 길일을 택하여 생
의 집으로 보내시면 여차여차할 것이니 어찌 벗어나리
이까.」

강희가 그 말을 듣고 대희 왈,

「그 계교가 마땅하다.」

하고, 즉시 기구를 차려 가현을 주니, 현이 받아 가지고
집에 돌아와 그 아내 玄氏와 더불어 각로의 말을 이르고
가로되,

「이 綵緞을 가지고 이부에 가서 여차여차하라.」

하니, 현씨가 이부에 이르러 소저를 보고 가로되,

「전일 너의 외숙이 망녕되이 현질에게 득죄하신고로 사
례코자 왔노라.」

하니, 소저가 칭사 왈,

「죄질이 전일에 숙부 말씀이 의리에 거스리심을 분히 여겨 不恭한 말씀을 하였사오니, 죄송함을 어찌 측량하오리까.」

하고 다과를 내어 寬待하거늘, 현씨가 머물러 이부에서 밤을 지낼새, 소저가 잠들기를 기다려 강희의 채단을 소저의 협사 중에 넣고 이튿날 돌아오니, 소저가 설향을 대하여 강희의 不義之事를 꾸짖고 왈,

「운공부자를 모해하고 나를 겁박코자 하여 외구로 同心謀計하니 어찌 통분치 아니하리오. 운공부자가 나로 하여금 절강 수중에 원귀가 되었는지라, 이 원수를 갚지 못하면 구천 타일에 무슨 면목으로 운공부자를 대하리오. 후일에 내 나라를 속여 뜻을 얻을진대 원을 이루리라.」

하고 운공 靈位에 나아가 실성통곡하니, 설향이 붙들어 위로 왈,

「소비 생각하오니, 강희와 가현이 소저에게 욕을 당하였으니, 반드시 복수는 하지 않을지라도, 만일 不意之變이 있사오면 소저가 어찌 벗어나리까.」

소저가 그 말을 듣고 깨달아 왈,

「과연 네 말이 옳도다. 장차 어찌하리오. 氷雪 같은 몸이 더러운 욕을 면치 못할진대, 차라리 절개를 온전히 하여 일찍 죽느니만 못하다.」

하고, 더욱 슬허함을 마지 아니하니, 설향이 가로되,

「소비 비록 불충하오나 고인을 본받고자 하옵나니, 주종의 분수는 군신과 같사온지라. 소저의 위급하심을 보고 어찌 살기를 도모하여 안연하오리까. 소저의 복색을 바꾸어 주시면, 옛날 紀信의 忠節을 따를까 하나이

다.」

소저가 청파에 설향의 등을 어루만지며 오열 왈,

「나는 죄악이 지중하여 萬相 曲徑을 당하거니와, 너는 무슨 죄로 사지에 빠지려 하느뇨.」

설향이 체읍 대왈,

「소저가 어찌 여차하신 말씀을 하시나이까. 소비 어렸을 때부터 소저와 잠시도 떠나지 아니하옵고 疾病 苦樂을 서로 위로하오니, 이름은 主從間이지만 정의는 骨肉 같사온지라, 소저가 만일 불칙한 변을 당하여 세상을 버리면 소비 어찌 차마 홀로 이 세상에 있으오리까. 또 소저는 이씨 댁 누대 향화를 맡아 계시니 그 소임이 어찌 중대치 아니하오리까. 소비 같은 인생은 朝夕에 죽을지라도 그 경함이 사막에 모래알이오니 무슨 거리낄 바 있으리오. 복원 소저는 깊이 살피사 후인의 시비를 듣지 마소서.」

소저가 설향의 말을 들으니 절절이 옳은지라. 눈물을 거두고 칭사하여 왈,

「내 비회에 정신이 擾亂하여 의리에 죄인이 될 뻔하였더니, 이제 네 말을 들으니 꿈을 새로 깨달음 같도다.」

하고 설향과 약속을 정하고 있더니, 차시 강희가 가현의 회보를 듣고 대희하여 아들의 길복을 갖추고 威儀를 거느려 이부로 향할새, 건장한 노자 십여 명을 따르게 하니 이는 이부에서 막는 자가 있으면 짓치고 소저를 겁탈하려고 함이라.

신랑이 이부에 이르니, 이부에서 무망중 此變을 당하매 일가가 遑遑罔措하는지라. 설향이 소저의 복색을 갖추고 있다가 시비를 불러 연고를 물으니, 시비 등이 고

왈,

　「강부에서 소저를 겁칙하려 하여 종을 많이　거느리고
　이르오니 그 형세가 위급하여이다.」

하거늘, 소저가 그 말을 듣고 분노하여 노복을 명하여 강
부의 종을 모두 결박하라 하더니, 가현이 밖으로부터 들
어오며 왈,

　「현질이 강부의 빙폐를 받고 무슨 뜻으로 여차하느뇨.」

하거늘, 소저가 가현을 보니 더욱 怒氣 大發하여 가로되,

　「숙부가 무슨 면목으로 다시 이곳에 이르시며,　또　강
　적의 빙물을 받았다 하시니 내 어찌 여차한 일이 있으
　리오. 만일 모친의 魂靈을 돌아보지 아니하올진대　마
　땅히 불칙한 욕을 보시게 할 것이오나 차마 하지 못하
　옵나니, 오래 머물지 마시고 빨리 돌아가사 욕을 면하
　소서.」

또 가로되,

「숙부가 甥舅之義를 생각하실진대 마땅히 외로운 질녀
를 보호하실 것이어늘, 도리어 도적과 합동으로　불의
지사를 행하고자 하시니, 황천에 돌아가시는 날에　무
슨 면목으로 모친을 대하시리까.」

가현이 왈,

「남녀 혼사는 人倫常事라. 내 비록 불민하나 너의 內
舅가 되어 어찌 불의지사를 행하며, 또 너의 운가를 지
기려 함이 실로 사소로운지라, 어찌 慨嘆치 아니할 바리
오. 강가의 빙폐를 네 받지 아니하였다 하니, 네 만일
받지 아니하였으면 강공자가 어찌 이르렀으리오. 네 공
연히 이목을 가리우려 하지 말고 장렴을 열어　볼지어
다. 이는 다름이 아니라, 네 전일에 나를 면박한고로 금

일을 당하여 스스로 無聊하여 나의 責望을 막고자 함
이나, 내 너를 어여삐 여겨 玉人君子를 택하여 맡기려
하니, 비록 옹색한 여자의 소견으로 잠시 허물이 있다
하나 내 어찌 그를 관계하리오. 모름지기 현질은 부끄
럽게 여기지 말지어다.」

소저가 이 말을 듣고 기가 막혀 勃然變色하고 장렴을
열어 보니, 과연 강가의 빙물이 있는지라, 분노함을 견
디지 못하여 빙폐를 찢어 버리고 가현을 향하여 왈,
「일전에 숙모가 와서 일야를 동침하더니, 陰凶한 뜻을
품어 나를 해치도다.」
하고, 벽에 걸린 보검을 빼어 가현을 치니, 현이 대경하
여 피하다가 손이 맞아 떨어지는지라, 혼돈하여 꺼꾸러
지거늘, 강가 노복이 형세가 불호함을 보고 일시에 달려
들어 가현을 붙들어 나아가고 소저를 겁박하려 하거늘,
소저가 급히 협실로 피신하니, 설향이 나오며 손에 보검
을 들고 여성 왈,
「사세가 여차하니 마지 못하여 따르려니와, 너희들이
만일 無禮할진대 내 차라리 이 칼로 명을 마칠지라도
욕을 당하지 아니하리라.」
하니, 누가 능히 진가를 알리오. 공자가 차언을 듣고 대
희하여, 노복을 꾸짖어 무례히 굴지 말라 하고 綵轎에 소
저를 뫼시라 하여 여러 시녀가 옹위하여 강부로 돌아오
니, 도로에서 관광하던 자가 서로 일러 왈,
「이소저의 절개가 고상하여 외로운 절개 지키더니, 사
세가 할 수 없어 강공자의 배필이 되니 어찌 애석치 않
으리오.」
하더라.

차설, 이소저가 설향으로 대신하고 협실에 은신하였다가 신랑이 돌아간 후, 소저가 노복에게 가사를 맡기고 남복으로 換着(환착)하여 상서 내외의 영위와 운공 괴연에 슬피 통곡하고 문 밖으로 나아가니, 슬프다. 연약한 소저가 深閨(심규)에 처하여 중문 밖을 나가지 아니하다가, 薄命紅顔(박명홍안)이 수명을 도망치 못하여 혈혈 단신이 되고 넓고 넓은 천지에 지향없이 집을 떠나니, 그 경상이 어찌 참혹치 않으리오.

차설, 강공자가 신부를 호위하여 본부에 돌아오니, 잔치를 크게 배설하고 일가 친척이 많이 모였는지라. 신부를 내당으로 인도하여 交拜席(교배석)에 들이니, 신부가 홀연히 소리를 높여 왈,

「나는 이소저가 아니요, 소저의 시비 설향이라. 소저가 不義之患(불의지환)을 당하시므로 소저를 대신하여 기신의 충절을 본받으러 왔나니, 빨리 죽이고 욕을 더하지 말라.」

하거늘, 제인이 놀라며 일변 거짓말인가 의심하여 이르되,

「소저가 어찌 이러한 말을 하시느뇨.」

하니 설향이 고성 왈,

「어찌 이소저리오. 우리 소저는 운공자를 위하여 守節(수절)하시니 어찌 이에 오시리오.」

하거늘, 강희가 진가를 알지 못하여 가현을 청하여 眞假(진가)를 分揀(분간)하라 하니, 현이 들이외 살펴보매 과연 설향이라. 대경하여 이소저가 아님을 고하니, 강희가 대노하여 창두를 꾸짖어 설향을 잡아 내리라 하고 취죄하여 왈,

「네 일개 천비로 감히 이녀를 대신하여 나를 희롱하고 남의 웃음을 받게 하니, 마땅히 너를 죽여 雪憤(설분)하리

라.」

하고 창두를 호령하니 위엄이 秋霜 같은지라, 설향이 얼굴빛을 조금도 변치 아니하고 냉소 왈,

「자고로 국가에 충신이 있고, 집에 忠奴 忠婢가 있으니, 내 주인을 위하여 죽음에 영광이요, 구차히 사는 것이 원이 아니라. 노야는 일국 대신이 되어 인군을 도와 王化를 널리 베풀지 아니하고, 도리어 불의지사를 행하여 윤리를 손상하고 明敎에 죄인이 되니, 어찌 부끄럽지 아니하리오. 이제 내가 비록 무도한 사람을 만나 억울히 죽으나, 꽃다운 이름이 千秋에 遺傳하리니 어찌 아름답지 않으리오.」

하거늘, 강희 분노하여 노복을 호령하여 설향을 죽이려 하니, 부인 趙氏가 만류하여,

「이제 주인을 위하여 죽기를 두려워 아니 하니 이는 충비라. 상공은 관대히 용서하여 돌려보내소서.」

강희 본디 부인을 敬待하는지라, 마지 못하여 설향을 놓아 보내고 통분하고 침괴함을 이기지 못하여, 건장한 창두를 데리고 이부에 이르러 노복 등을 모두 잡아 상부에 돌아와 중형을 베풀고 소저 간 곳을 鞫問하니, 노비 등이 魂不附身하여 목숨을 애걸하고 고하여 왈,

「우리 댁 소저가 욕을 면코자 하여 단검을 품고 후문으로 나가시오니 간 바를 어찌 아오리까.」

강희 할 수 없이 이상서의 영위를 분쇄하고 돌아오더라.

차설, 이소저가 虎口를 벗어나 주종 양인이 남복을 개착하고 천신 만고로 십여일 만에 한 곳에 다다르니 閭閻이 櫛比하거늘, 점점 나아가니 큰 집이 있으되 韓御史宅

이라 하거늘, 나아가 하룻밤 투숙함을 청하니, 韓侍郎(한시랑)이 나와 이르되,

「이 댁은 과부 되신 댁이라, 남자가 없으니 接客(접객)치 못하나이다.」

하거늘, 소저가 내심 다행하여 공손히 대왈,

「날이 이미 저물고 갈 곳이 없으니 첩하라도 일야를 빌리시면 恩惠難忘(은혜난망)일까 하나이다.」

기인이 소저의 옥모 선풍을 보고 薄待(박대)치 못하여 들어가더니, 이윽하여 다시 나와 부인의 명으로 하룻밤을 허락하고 외당으로 인도하거늘, 소저가 기뻐 당에 올라 사면을 살펴보니, 莊園(장원)이 頹落(퇴락)하고 잡초가 무성하여 처량한 정경을 이루었더라.

이윽고 시비가 나와 주과를 드리고 부인의 말씀을 전하여 왈,

「공자는 뉘댁 공자시며, 어디를 가시나이까. 노신은 본래 薄命(박명) 人生(인생)이라, 죽은 자식을 생각하매 悲懷層加(비회층가)하여 일배 박주를 드리오니 정으로 받으소서.」

하거늘, 소저가 공경 답왈,

「소생은 오관 사람이라. 성은 이요, 이름은 봉빈이니, 명도가 기박하여 부친이 기세하시매 모친이 그 뒤를 따르시니, 孤子(고혈)한 신세라 의탁할 곳이 없어 사해로 유리하옵더니, 의외의 관대하심을 받자오니 不勝惶感(불승황감)하여이다.」

하며 비감한 빛이 양눈썹에 가득하니, 그 소리가 哀怨凄凉(애원처량)하여 여자의 태도가 있는지라. 시비가 괴이 여겨 내당에 들어가 일일이 고하니, 부인이 의아하여 내심에 헤아리되,

「이는 반드시 뉘집 여자가 화를 만나 피신함이로다.」

하고 다시 시비로 傳喝하되,

「노신이 일찍 所天을 여의고 혈혈 단신이 구차히 잔명을 보존하옵는지라, 공자의 말씀을 듣사오니 남녀는 비록 다르나 옛말에 일렀으되 同病相憐이라 하오니, 같은 정경이 애석치 아니하리오. 친히 보아 회포를 위로코자 하나니, 비록 男女有別이라 하오나 노신의 나이 육십이라 혐의가 없으리니, 잠시 들어오시면 행일까 하나이다.」

하거늘, 소저가 재삼 謙讓하다가 시비를 따라 들어가니 부인이 좌를 일어 맞거늘, 소저가 공경 재배하니 부인이 답례하고 좌를 정한 후, 부인이 소저와 더불어 여러 말씀을 수작하다가 渭然 嘆曰,

「노신이 나이 많고 후사를 의탁할 곳이 없는고로 주야로 슬허하더니 공자가 또한 부모를 일찍 여의고 無依하다 하오니 서로 의지하심이 어떠하시뇨.」

소저가 斂容 對曰,

「소생이 명도 기박하여 일찍 천지를 여의고 의뢰할 바가 없사와 사해에 流離漂泊하옵더니, 부인이 천지 같으신 덕을 드리우사 슬하에 머물라 하시오니 不勝惶感하온지라, 어찌 감히 사양하오리까.」

부인이 눈물을 흘려 왈,

「노신은 한어사의 아내라, 가군이 일찍 등과하여 벼슬이 吏部侍郎에 있더니, 천자가 총애하사 侍御史를 제수하시니, 가군이 본래 淸廉正直하시므로 소인의 모해함을 입어 벼슬을 버리시고 고향에 돌아와 농업을 힘쓰니, 부귀 극한지라. 슬하에 다만 자녀를 두었더니, 삼년 전에 아들을 잃고 어사가 이어 기세하시니 노신이 그 뒤를 따를 것이로되, 香火를 전할 곳이 없을 뿐더러 슬하에 한낱 여아가 있는지라, 가련하여 區區 殘命이 일개 여아를 의지하여 지내니, 여아의 芳年이 이칠이라. 서로 의탁하여 지내더니, 공자의 情懷를 들으니 또한 일반이라. 공자의 나이는 죽은 아들과 동년이라 아들을 본 듯하오니, 이는 하늘이 노신의 고혈함을 可矜히 여겨 공자를 지시하심이니, 금일부터 叔姪之義를 맺어 여년을 맡기고자 하나니 마음에 어떠하시뇨.」

소저가 듣기를 다하고 나직이 고왈,

「존교를 듣사오니 황공 감사하여이다. 소생 같은 천생을 거두려 하시오니 은혜가 망극하오나, 귀소저가 계시다 하오니 불안할 듯하여이다.」

부인이 가로되,

「공자가 여아를 구애하실진대 兄妹之義를 맺음이 옳도다.」

하고 드디어 소저를 부르시니, 소저가 듣고 크게 놀라 왈,

「모친이 어찌 非禮之事를 행코자 하시느뇨.」

하고, 시비에게 전하되,

「우연히 한기가 침노한 바가 되어 기동치 못하나이다.」

하니, 부인이 소왈,

「여아가 초면의 남자를 대하매 수줍어하여 稱病함이나, 형매지의를 맺어 나의 외로움을 위로하면 무슨 불가힘이 있으리오. 빨리 나오라.」

하시니, 소저가 감히 명을 거역치 못하여 시비를 따라 중당에 이르러 부인 곁에 시립하거늘, 부인이 명하여 형매지의를 맺으라 하시니, 양인이 마지 못하여 수명하고

예를 마치매, 한소저가 수줍음을 띠어 부인을 모셔 앉거
늘, 부인이 欣然 왈,

　「이제 너희 양인이 형매지의를 맺었으니 서로 혐의치
　말고 길이 나의 슬하를 지켜 외로운 회포를 위로하라.」
하시니, 양인이 唯唯 受命하더라.

　이날부터 소저가 부인을 지성으로 섬기고 한소저를 친
매와 같이 대접하며, 비복 등을 撫恤하니 가중이 화락하
더라.

　이러구러 운공자의 종상을 당하니, 이소저가 비회를 이
기지 못하여 후원 심처에 들어가 일장 仰泣하니 그 심사
가 오죽하리오. 비감한 빛을 밖으로 나타내지는 않으나
심회가 정치 못하매 안색이 날로 초췌하니, 부인이 그 울
적한 심회를 짐작하고 못내 위로하며 내심으로 헤아리되,

　「아무리 보아도 분명한 여자어늘 시종 진심을 말하지 아
　니하니 괴이한 일도 많도다. 그러나 나중을 보리라.」
하고 그러한 기색을 보이지 아니하더라.

　이소저가 한부인을 의탁한 후로 병서를 潛心하며 弓馬
를 연습하니, 그 뜻을 어찌 측량하리오. 노복 등은 豪俠
한 奇男子를 칭송하나, 부인은 내심 의혹함을 더욱 마지
아니하더라.

　차설, 운공부자가 불의에 도적을 만나 수중에 떨어지매,
천지 아득하여 정신을 잃고 풍랑에 싸여 한없이 불려 가
더니, 풍랑이 그치며 부르는 소리가 들리거늘 그제야 정
신을 차려 눈을 들어 보니 靑衣童子가 곁에 앉았거늘 내
심에 헤아리되,

　「반드시 죽어 수궁에 들어왔구나.」
하고 두루 살펴보니, 궁궐이 아니요, 一葉小船이라.　마

음에 의아하여 위연 장탄 왈,

　「동자가 어디서 이곳에 이르러 죽는 사람을　구원하느
　뇨.」

　동자가 미소 왈,

　「상공은 정신을 진정하소서.」

하거늘, 그제야 죽지 아니한 줄 알고 일어나 앉으니 동
자가 왈,

　「존공이 어찌 나를 아시리오. 존공이 意外之變을 당하
　심이 또한 천수라, 어찌 원망하리이까. 칠십년을 지내
　시면 다시 영화를 보실 것이니 한하지 마소서.」

하고 배를 저어 가니 빠르기가 살 같은지라, 순식간에 한
곳에 이르러 운공부자를 배에서 내리게 하고 보중함을 당
부하거늘, 운공이 그 은혜에 감격하여 동자의 거처를 물
으니, 웃으며 대답치 아니하고 뱃머리를 돌이켜 저어가
니, 그 가는 바를 알지 못할지라.

　운공부자가 공중을 향하여 무수히 사례하고 지향없이
가더니, 날이 서산에 저무는지라, 도로에 방황하며 인가
를 찾더니, 멀리 바라보니 산하에 촌락이 보이거늘 그곳
을 찾아가니, 一座 大莊園이 있는지라, 문을 두드리니 한
노파가 나와 문왈,

　「그대는 어떠한 사람이관데 여차한 山僻 窮鄕에　누구
　를 찾아 왔느뇨.」

　공지기 답왈,

　「나는 여릉 사람이라. 전후 낭패한 수말은 나중에　베
　풀려니와, 바라건대 노파는 하룻밤을 재워 주기를　비
　나이다.」

하니, 노파가 이 말을 듣고 즉시 외당으로　인도하거늘,

운공부자가 厚恩을 칭사하고 밤을 지내더니, 운공이 홀연 득병하여 능히 행보를 하지 못하는지라, 수일을 유하여 치료하더니, 병세가 날로 침중하는지라. 공자가 민망하여 지성으로 약을 구하여 쓰되 조금도 差度가 없고, 주인이 빈한하여 조석을 이루지 못하거늘, 공자가 할 수 없이 양식을 빌려다가 病親을 구호하고 주야로 神明께 축수하니, 그 경상은 차마 보지 못할러라.

차설, 이소저가 한어사 집에 의탁하여 무정한 세월을 헛되이 보내니, 일신은 비록 편안하나 신세를 생각하매 비회를 어찌 억제하리오. 春風 秋月에 떨어지는 꽃과 슬피 우는 기러기 소리에 몸과 정신을 사로자더니, 하루는 부인이 소저를 청하여 왈,

「노신이 그대를 만나 숙질지의를 맺어 외로움을 의탁하니 만분 다행이나, 이제 여아의 배필을 정하지 못하니, 그대와 더불어 형매지의를 맺음은 그대의 마음을 편안케 하려 함이라, 어찌 나의 본심이리오. 그대의 양친이 俱沒하고 또 고혈하여 의지할 곳이 없다 하니, 賢門에 숙녀를 얻어 백년을 언약함이 또한 어려울지라, 노신의 여아가 비록 비박 누질이나 족히 군자의 건즐을 받듦즉 하니, 바라건대 그대는 嫌疑치 아니하고 기최의 소임을 맡기면 노신이 비록 금일에 구천으로 돌아갈지라도 눈을 감을까 하노라.」

소저가 이 말을 듣고 대경하여 피석 손사 왈,

「소자를 사랑하심이 친자식과 다름없으니 그 은혜 하늘 같사온지라, 물불 속이라도 尊命을 어찌 거역하오리까마는, 아직 품은 뜻을 이루지 못하였사오니, 소회를 마친 후 明教를 따를까 하나이다.」

부인이 즉시 소저를 불러 앉히고 왈,

「너의 부친이 안 계시고 친한 친척이 없는지라, 이제 나의 나이가 칠십이 불원하니 황천에 돌아감이 조석에 있을지라. 다만 너 하나를 기르다가 백년 가우를 정하지 못하고 죽으면, 비록 돌아가는 혼령인들 어찌 한스럽지 아니하며, 또 무슨 면목으로 너의 부친을 대하리오. 그러하므로 금일에 너의 백년 배필을 정하니, 모름지기 여아는 承順君子하여 부도를 극진히 지켜 군자의 건즐을 욕되게 하지 말지어다.」

하고 양인을 재촉하여 교배케 하니, 양인이 명을 거역치 못하여 예를 마치니, 진실로 一雙 明珠가 수중에서 새로 나옴 같더라. 부인이 기뻐함을 마지 아니하여 이공자가 찬 金鈿을 끌러 소저를 주고, 소저가 가진 옥지환은 공자를 주어 깊이 간수하라 하시니, 양인이 각기 받아 물러가니라.

이공자가 침소에 돌아와 생각하되,

「내 신수 불행하여 女化爲男하여 소원을 도모하려 하므로, 사세가 부득이하여 인륜을 희롱하니 어찌 명교에 죄인이 아니리오. 한소저는 무단히 나를 인연하여 청춘을 허송케 되니, 이 또한 타인에게 怨惡을 끼침이라. 장차 어찌하여야 양편이 편하리오.」

하며 근심함을 마지 아니하더니, 차시 천자가 어진 재주를 택하시려 하사 과거를 보이실새 사해에 조칙을 내리시니, 공자가 이 소식을 듣고 대희하여 부인과 소저를 이별하고 일필 청려를 몰아 경사로 향하니, 때는 모춘을 당한지라, 백화가 만발하고 창경이 벗을 부르니, 풍경이 가려하여 사람의 흥미를 돋우는 듯하더라.

여러 날 만에 황성에 득달하여 주막을 정하고 과거일을 기다리더니, 어느 덧 과거를 당한지라, 試紙(시지)를 들고 장중에 들어가니 사방의 선비가 구름 모이듯 하여 재주를 자랑하여 모두 桂花 第一枝(계화 제일지)를 꺾으려 하더라.

공자가 글제를 보니 평일에 익숙히 짓던 바이라. 생각할 것 없이 一筆揮之(일필휘지)하여 선장에 드리고 榜目(방목)을 기다리더니, 황제가 공자의 글을 보시고 크게 칭찬하사 왈,

「忠義之心(충의지심)이 글귀에 나타나니, 그 사람을 보지 아니하여도 가히 아름다운 선비인 줄 알리로다.」

하시고 비봉을 개탁하니, 「전임 이부상서 중채의 아들 이봉빈」이라 하였거늘, 상이 대희하여 호명하시니, 봉빈이 옥계에 들어가 복지하온대, 상이 보시니 풍채가 李謫仙(이적선) 같거늘, 용안이 대열하사 가라사대,

「경의 아비가 국가에 충성을 다하더니, 불행히 단명하여 일찍 짐을 버리매, 매양 그 위인을 생각하여 차석함을 마지 아니하더니, 이제 경이 이렇듯 총명 준수하니, 이는 하늘이 大明 社稷(대명 사직)을 위하심이로다.」

하시고 한림학사를 제수하시며 青蓋(청개)와 御樂(어악)을 주시니, 이 때 강희가 곁에 입시하였다가 봉빈이 이중채의 아들이라 함을 듣고 황상께 주왈,

「이중채는 본래 무자하오니 어찌 아들이 있사오리까. 봉빈이 이름을 빌어, 나라를 기만하고 벼슬을 도모코자 함이오니, 마땅히 봉빈을 문죄하사 국법을 바르게 하소서.」

상이 미처 답하지 못하시니, 봉빈이 강희를 보매 노기 충천하여 대질 왈,

「네가 국가의 柱石之臣(주석지신)이 되어 벼슬이 일품에 달하니,

부귀가 일국에 으뜸이라, 마땅히 충성을 다하여 국은 만분지일이라도 보답함이 신하의 도리어늘, 네 충신을 모해하고 聖聰을 가리어 백성을 보채니, 만인이 네 고기를 먹으려 아니 하는 이 없는지라. 너 같은 大逆之臣이 어찌 廟堂에 서리오. 성총은 잠시 가리우나 하늘과 太祖高皇帝 신령이 어찌 두렵지 아니하리오. 오히려 깨닫지 못하고 그 妬賢疾能으로 平生 事業을 삼으니, 그 죄를 장차 어느 곳에 다 쌓으려 하느뇨.」

하며 꾸짖기를 마지 아니하니, 강희가 능히 대답치 못하는지라. 상이 진노하사 강희를 꾸짖어 가라사대,

「이봉빈은 하늘이 주신 바이어늘 네 무단히 無根之言을 내어 충신을 해치고자 하니 이는 不忠不仁이라.」

하시고, 조칙을 내리사,

「강희를 원찬하라.」

하시더라.

차설, 봉빈이 삼일 遊街한 후, 수유를 얻어 고향에 내려와 선산에 소분하고 고택에 이르니, 門庭이 頹落하고 宿草가 뜰 앞에 가득하여 황량한 경색을 차마 보지 못할지라. 비창함을 이기지 못하여 家廟에 올라 통곡하고 당중에 이르니, 설향이 봉빈의 옷섶을 잡고 오열 왈,

「소저 그간에 어느 곳에 은신하시며 風霜을 얼마나 겪으셨나이까. 소저 떠나신 후로 소식이 막연하오니, 소비 생각에는 차생에는 다시 뵈올 기약이 없사온지라, 來生에는 다시 노비와 주인 되어 다 못한 인연을 감할까 하였더니, 천만 뜻밖에 만나 뵈오니 실로 꿈 속인 듯하여이다.」

하며, 강부에 들어가서 강희가 꾸짖던 말씀을 고하거늘,

소저가 설향의 충절을 무수히 칭찬하고 그간 지내던 일을 說話(설화)하니, 비회가 교집하여 눈물을 금치 못하더라.

설향이 다시 문자와 가로되,

「소저가 장차 이목을 속여 과거를 보시오니 아직은 비록 榮貴(영귀)하시오나, 장래는 장차 어찌하시려 하시나이까.」

소저가 위연 탄왈,

「내 비록 여자나 운공부자의 원수를 갚고야 말 것이니, 너는 아무 염려 말라.」

하고, 수일을 머물다가 설향에게 집을 지키게 하고 한어사 집을 향할새 빨리 돌아올 것을 이르니, 설향이 눈물을 흘려 보중하심을 일컫고 연연함을 마지 아니하더라.

차설, 한부인이 이생을 경성에 보내고 소식을 몰라 민민하더니, 이생이 壯元及第(장원급제)하여 내려오는 소식을 듣고, 대희하여 잔치를 배설하고 한림이 돌아옴을 기다리더니, 수일을 지나니 한림이 이르거늘, 부인이 中門(중문)에 나아가 맞으니, 한림이 拜伏(배복)하여 그간 떠난 회포를 위로하고 소저를 반기니, 그 기뻐함을 이루 측량치 못할러라. 여러 빈객을 청하여 즐기니 모두 부인의 知人之鑑(지인지감)이 고상함을 칭송하더라.

그러구러 말미 기한이 차매, 한림이 부인과 소저를 하직하고 황성으로 올라와 궐하에 복지하온대, 상이 대희하사 도로에 구차함을 위로하시고, 날로 인견하사 역대 帝王(제왕)의 得失(득실)과 國家(국가) 興亡(흥망)을 의논하시니, 한림이 현신을 가까이하고 소인을 멀리함을 주달하온대, 상이 그 말씀을 아름답게 여겨 깊이 들으시고 寵愛(총애)하심이 날로 융성하사, 兵部尚書(병부상서)에 侍御史(시어사)를 겸하여 제수하시거늘, 한림

이 연소하고 학식이 부족함을 고사하온대, 상이 불윤하시고 가라사대,

　「경이 비록 연소하나 국사를 그르칠 사람이 아니니, 짐의 믿는 바를 저버리지 말고 충성을 다하여 짐을 도우라.」

하시거늘, 상서가 천은을 감격하여 숙사하고 물러오더라.

　차시 雲南(운남)이 강성하여 대국 지경을 침범하거늘, 상이 근심하사 만조를 모으시고 의논 왈,

　「누가 능히 국가를 위하여 짐의 근심을 덜라.」

하신대, 병부상서 이봉빈이 出班 奏曰(출반 주왈),

　「신이 듣사오니 인군이 욕되매 신하가 죽고 인군이 근심하시매 신하가 욕된다 하오니, 신이 폐하의 지우지은을 받자오매, 우악하신 성은을 만분지일이라도 보답함이 없사오니, 신이 비록 무재하오나 一旅之士(일려지사)를 빌리시면, 운남왕의 머리를 베어 황상의 근심을 덜리이다.」

하거늘 상이 대열하사 즉시 이봉빈으로 征南大元帥(정남대원수)를 봉하시고, 정병 삼십만과 맹장 천여 원을 주시며, 백모 황월 인검을 주시고 가라사대,

　「제장이 군령을 거역하는 자가 있으면 先斬後啓(선참후계)하라.」

하시니, 원수가 배사하고 물러와 군사를 점고하여 즉일 출사할새, 호령이 엄숙하고 군용이 정정하니 제장 군졸이 두려워하지 않는 이 없더라.

　상이 친히 도문 십리 밖에 전송하실새, 잔을 들어 원수에게 권하시고 가라사대,

　「대원수는 일찍 도적을 평정하고 凱歌(개가)를 불러 돌아와 짐의 繾綣(견권)하는 마음을 위로하라.」

하시니, 원수 부복 청명하고 물러와 북을 울려 행군하니 깃발과 창검이 일월을 희롱하더라.

　여러 날 만에 운남 지경에 이르러 적세를 탐지하니, 변장이 가로되,

「운남대장 福王(복왕)은 萬夫不當之勇(만부부당지용)이 있나이다.」

하거늘, 원수가 침음하고 檄書(격서)를 전하니, 복왕이 격서를 보고 대노하여 찢어 버리고 군중에 전령하여 진세를 베풀고 봉한패로 하여금 출마 대호 왈,

「명진 중에 목숨을 아끼지 않는 자가 있으면 빨리 나와 내 칼을 받으라.」

하거늘, 원수가 先鋒 張益(선봉 장익)을 명하여,

「맞아 싸우라.」

하니, 장익이 응성 출마하여 한패를 맞아 싸워 이십여 합에 不分勝負(불분승부)러니, 장익이 거짓 패하여 말머리를 돌려 달아나니, 한패가 급히 따르거늘, 장익이 大喝 一聲(대갈 일성)에 한패를 찔러 말을 내리치고, 군사를 호령하여 한패를 사로잡아 본진으로 돌아오니, 적진 중에서 일원 대장이 정창 출마하여 크게 외쳐 왈,

「나는 운남대장 복왕이다 나의 선봉을 죽인 장수는 빨아나지 말고 내 칼을 받으라.」

하거늘, 원수가 放砲 一聲(방포 일성)에 青江劍(청강검)을 비껴들고 천리 大宛馬(대완마)를 내몰아 크게 꾸짖어 왈,

「무지한 오랑캐가 천시를 모르고 대국을 침범하니 어찌 살기를 바라리오. 네 殘命(잔명)을 아끼거든 빨리 말에서 내려 항복하여 나의 칼날을 더럽히지 말라.」

하니, 복왕이 대로하여 창을 두르며 맞아 싸워 오십여 합에 이르더니, 문득 원수의 청강검이 빛나며 복왕의 머리

가 말 아래 떨어지는지라. 운남대장 吳達(오달)이 복왕의 죽음을 보고 不勝忿怒(불승분노)하여 칼을 두르고 내달아 크게 외쳐 왈,

「복왕 죽인 장수는 달아나지 말고 내 칼을 받으라.」

하거늘, 원수 대로 왈,

「무지한 오랑캐가 어찌 대국 대원수를 당하리오.」

하고, 맞아 싸워 사십여 합에 이르되, 승패를 나누지 못하더니, 오달이 流星鎚(유성퇴)를 들어 치거늘, 원수가 급히 피하고 다시 싸우더니, 수합이 못 되어 오달이 말머리를 돌려 달아나거늘, 원수가 급히 따르더니, 오달이 가만히 털궁에 독약을 먹여 쏘거늘, 원수가 깨닫고 오는 살을 받아 꺾어 버리고 대매 왈,

「오랑캐가 어찌 감히 나를 속이려 하느뇨.」

하고, 칼을 들어 오달의 말을 찔러 거꾸러뜨리니, 오달이 飜身落馬(번신낙마)하는지라, 원수가 다시 칼을 들어 찌르려 하더니, 운남 진중에서 여러 장수가 일시에 내달아 오달을 구원하고 원수를 맞아 싸우니, 금고 함성이 천지 진동하더라.

원수가 여러 적장을 맞아 싸우매, 정신이 점점 씩씩하여 劍光(검광)이 햇빛을 희롱하니, 저문 봄날 배꽃이 광풍을 따라 헛날림과 같은지라, 적장 등이 능히 대적치 못하여 창검을 끌며 달아나거늘, 원수가 승승하여 적진을 짓치니, 청강검이 이르는 곳에 적진 장졸의 머리가 秋風落葉(추풍낙엽)같이 날리니, 적진 장졸이 물결 헤어시는 듯하더라.

날이 저물어 징을 울려 군사를 거두거늘, 원수가 크게 勝戰(승전)하고 본진에 돌아와 한패를 잡아들여 꾸짖어 왈,

「무지한 오랑캐가 어찌 감히 대국을 침범하느뇨. 네 죄상을 생각하면 마땅히 벨 것이로되, 主張(주장)한 자가 있음

으로 잔명을 살려 돌려보내니, 너의 주장을 권하여 속히 投降하고 버팀을 재촉치 말라.」

하니, 한패가 황공 부끄러워 머리를 싸고 본진으로 돌아가더라.

차설 오달이 패병을 수습하여 點考하니 겨우 수만이라. 제장과 더불어 의논 왈,

「적장의 용맹을 당할 자가 없으니 제장은 무슨 묘책이 있느뇨.」

제장이 일시에 가로되,

「우리 군사가 한번 꺾어짐을 당하매 다시 싸우지 못할지라, 일찍 본국으로 돌아가 다시 군사를 일으켜 雌雄을 결단함만 같지 못하여이다.」

하거늘, 오달이 가로되,

「우리는 적장을 이곳에 맞아 싸우고 대왕은 바로 명국 都城을 엄살하여 천하를 평정코자 하였더니, 시운이 불행하여 비록 저에게 패함을 보았으나 어찌 무단히 돌아가 큰 계교를 그르치리오. 일승 일패는 兵家常事라.」

하고, 높은 대에 올라 두루 살피더니, 진중에 돌아와 제장을 불러 분부 왈,

「이 골로 쫓아 이십리를 들어가면 소람이라는 골이 있고, 좌우에 수풀이 무성하니, 그대 등은 오늘 밤에 오천 군을 거느리고, 그곳에 가서 굴함을 파되, 광이 오십척이오. 깊이가 십장이고, 그 위에 섶을 쌓고 흙을 덮어 평지를 만들고, 수림중에 매복하였다가 명병이 이름을 보아 내달아 짓치라. 만일 군령을 거역하는 자가 있으면, 군법으로 시행하리라.」

하니, 제장이 영을 듣고 흙 파는 기계를 준비하여 가지고

소람곡으로 가더라.

차일에 오달이 陣門을 크게 열고 말을 내몰아 크게 외쳐 왈,

「오늘은 승부를 결단하리라.」

하고, 창을 두르며 싸움을 돋우거늘, 원수가 분노하여 칼을 휘두르며 맞아 싸워 십여 합에 불분승부러니, 오달이 거짓 패하여 창을 끌며 달아나거늘, 원수가 급히 따르며 대갈 왈,

「적장은 달아나지 말고 내 칼을 받으라.」

하더니, 이십여 리쯤 되어 하늘이 무너지고 땅이 꺼지는 소리가 일어나며 원수의 말이 굴함에 빠지니, 좌우 복병이 일치에 내달아 돌과 흙으로 굴함을 메우니, 오달이 말머리를 돌려 명진을 향하여 엄살하니, 명진 장졸의 죽음이 태산 같더라.

오달이 승승하여 명진을 쓸어 버리고 본진으로 돌아와 제장에게 일러 왈,

「명장 이봉빈이 굴함에 빠졌으니, 제 아무리 천신 같은 들 어찌 능히 벗어나리오. 이봉빈이 죽으면 명국에 나의 적수가 없는지라, 明帝를 사로잡아 천하를 평정하여 그대 등과 더불어 태평을 누리리니 어찌 즐겁지 아니하리오.」

제장이 일시에 치하하여 왈,

「장군의 신산은 귀신도 비치지 못하리다.」

하더라.

차설, 원수가 굴함에 빠져 벗어날 길이 없는지라. 하늘을 우러러 길이 탄식 왈,

「내 힘을 다하여 도적을 멸하고 국은을 만분지일이라

　도 깊은 후 운공의 원수를 갚고자 하였더니, 오늘날 이

곳에서 죽게 되니, 이는 하늘이 나를 망케 하심이로다.」

하고, 언파에 칼을 빼어 自刎코자 하더니, 문득 땅이 우

는 소리가 나며 안개가 자욱하더니, 그 가운데서 불러 왈,

　「이원수는 죽지 말고 이곳으로 내려오라.」

하거늘, 원수가 의아하여 정신을 잃고 이윽히　내려가더

니, 홀연 두발이 땅에 닿는지라. 그제야 정신을 차려 눈

을 들어보니 일월이 명랑하거늘, 어느 곳인지 알지 못하

고 찾아 나오더니, 한낱 靑衣童子가 표연히 원수 앞에 이

르러 절하여 왈,

　「상공이 대명국 대원수가 아니시니까.」

하거늘, 원수가 신기히 여겨 답왈,

　「과연 그러하거니와 仙童은 어찌 아느뇨.」

　동자 왈,

　「우리 대왕이 원수를 청하시더이다.」

하거늘, 원수가 더욱 의아하여 가로되,

　「대왕은 누구신데 塵世의 천생을 청하시느뇨. 밝게 가

르침을 바라노라.」

　청의 소왈,

　「나를 따라가시면 자연 아시리이다.」

하거늘, 원수가 어쩔줄을 모르고 청의를 따라 한 곳에 이

르니, 朱宮貝闕이 반공에 솟았는데, 千門 萬戶가 좌우에

나열하여 엄숙한 기상이 왕자의 거처 같더라. 큰문 밖에

이르러 청의 가로되,

　「상공은 잠시 기다리소서. 먼저 들어가 통하리이다.」

하고 궁중으로 들어가더니, 이윽하여 청의 다시 나와 길

을 인도하거늘, 원수가 동자를 따라 여러 문을 지나　한

46

殿閣^{전 각}에 이르니, 일위 왕자가 전상에 앉았다가 원수를 보고 바삐 상에 내려 맞아 좌정 후, 왕자가 가로되,

「작일에 玉京^{옥 경}에 朝會^{조 회}하더니 옥황상제께서 이르시되,

「명일 오시에 대명국 대원수 이봉빈이 운남 장수 오달의 계교에 속아 굴함에 빠질 것이니 구하라.」 하시기에 이곳에 청하였나니, 만일 상제의 명이 아니시면 원수가 大患^{대 환}을 어찌 면하리오.」

하고 차를 내어 관대하거늘, 원수가 칭사 왈,

「비록 옥황상제의 명이 계시나 죽을 사람을 구하시니 그 은혜 白骨難忘^{백 골 난 망}이로소이다. 원컨대 존호를 들을지어다.」

하니 왕자가 답왈,

「나는 동해용왕이어니와, 원수가 일정 전사를 알지 못하도다. 장래의 일을 이르면 무익한지라, 번거로이 이르지는 아니하거니와, 그대의 고액이 다 지나갔으니, 다시 두려울 바가 없는지라, 중차로 무궁한 복록을 누리리라.」

하거늘, 원수가 내심에 헤아리되,

「이 왕자가 동해용왕이라 하니, 운공부자의 魂靈^{혼 령}을 알리로다.」

하고 다시 칭사 왈,

「인간 범골이 어찌 장래를 알리이까. 그러하오나 운공부자가 절강에서 賊禍^{적 화}를 만나 수중에 참하를 당하였사오니, 생각컨대 외로운 혼백이 대왕의 치하에 의지하였을지라, 한번 만나 보게 하심이 어떠하시니이까.」

용왕 왈,

「그대의 말이 그러할 듯하나, 사해에 용왕이 각각 맡

은 바가 있는고로 <ruby>寡人<rt>과 인</rt></ruby>은 동해를 맡았고, 절강은 남해 소속이라 과인이 어찌 장담하리오. 그러하나 후일에 만날 때가 있으리니 그것은 아직 급하지 아니하거니와, 이제 도적이 원수가 없음을 타서 황성을 침범코자 하니 빨리 나아가 국가를 붙들라.」

하거늘, 원수 왈,

「나아갈 길이 없사오니 어찌하오리까.」

용왕이 왈,

「원수가 어찌 나아가기를 근심하느뇨.」

하고, 즉시 동자를 명하여 一匹 <ruby>龍驄<rt>일 필 용 총</rt></ruby>을 이끌어 오니, 전신이 옻칠한 듯 하고 높이가 팔척이라, 두 눈이 샛별 같으니 진실로 <ruby>龍種<rt>용 종</rt></ruby>이라. 용왕이 왈,

「이 말은 하루에 능히 천리를 가니 운남에 닿기를 어찌 근심하리오.」

하거늘, 원수 칭사 왈,

「대왕의 은덕을 힘입어 죽을 목숨이 사지를 벗어나고, 또 <ruby>千里 駿驄<rt>천 리 준 총</rt></ruby>을 주시오니 하해 같은 은덕을 장차 무엇으로 만분지일이나 갚사오리까.」

용왕이 소왈,

「사소한 일을 어찌 은혜라 하리오. 너무 칭사하시니 도리어 불안하여이다.」

하고, 인하여 동자를 명하여 길을 안내하라 하고 빨리 돌아삼을 채촉하거늘, 원수가 봉안을 하직하고 동자를 따라 궐문 밖에 나오니, 만경 창파가 <ruby>琉璃 世界<rt>유 리 세 계</rt></ruby>를 이루었더라.

동자가 원수에게 일러 왈,

「이 말을 타시고 한번 채질을 하시면 순식간에 운남 지

경에 도달하오리니, 원수는 빨리 돌아가 성공하시고 후일 만나심을 기약하소서.」

하고, 언필에 因忽不見하거늘, 원수가 결연함을 머금고 말에 올라 산호채를 들어 한번 치니, 말이 수중에서 한번 솟으니 물결이 좌우로 갈라지니 창해가 꺼꾸로 흐르는 듯하더라.

수중을 떠나 공중으로 올라 운무를 헤치니 빠르기가 비룡 같더라. 頃刻之間에 명진에 이르니, 운남 군사가 명진을 철통같이 둘러싸고 사면으로 엄살하여 명진이 거의 항복하게 되었거늘, 원수가 대노하여 대갈 일성에 칼을 두르고 적진을 짓치니, 이때에 오달이 원수를 굴함에 빠뜨리고 명진을 휩쓸더니, 뜻밖에 원수가 살아옴을 보고 대경하여 급히 쟁을 울려 군사를 거두고 본진에 돌아와 제장에게 일러 왈,

「이봉빈이 분명히 굴함에 빠진지라 제 비록 날개가 있어도 능히 솟아나오지 못할 터이어늘, 이제 죽지 아니하고 살아 돌아오니, 이는 반드시 하늘이 도우심이로다. 이를 장차 어찌하리오. 일이 이미 이에 이르니 기장지무라, 어찌 그치리오. 우리 비록 회군할지라도 제가 반드시 따르리니, 무단히 적병을 인도하여 우리 지경을 요란케 하고 천하의 웃음만 취할 것이요. 하물며 우리 주상이 이미 명국 지경에 깊이 들어가시니, 그 형세가 졸지 회군키 어려울지라. 필연 명진에 곤란을 받으시리니, 其勢兩難이라 어찌하면 좋으리오. 그대 등은 좋은 계책을 일러 나의 근심을 덜라.」

하니, 운남 제장이 원수가 살아 돌아옴을 보고 모두 간담이 서늘하여 아무 말도 못하고 다만 서로 쳐다볼 뿐이

어늘, 오달이 개연 탄왈,

「대장부가 세상에 나매 마땅히 입신양명하여 이름을 竹帛에 드리워 천추에 유전할지라. 어찌 죽기가 두려워 공명을 취치 아니하리오. 공 등은 힘을 다하여 나의 한 팔 힘을 도와 명국을 쳐서 항복받고 태평을 함께 누리면 어찌 아름답지 아니하리오. 死生이 有命하니 이봉빈이 제 아무리 용맹하나 주인의 동심 합력을 어찌 능히 대적하리오. 공 등은 두려워 말고 심력을 다하여 공을 세우게 하라.」

하니, 제장이 오달의 개유함을 감격하여 일시에 가로되,

「장군이 이처럼 효유하시니 우리 등이 어찌 죽기를 두려워 대사를 그르치리오. 마땅히 전력을 다하여 犬馬의 수고로움을 본받으리라.」

하더라.

이때에 원수 운남군을 물리치고 명진 장졸을 구원하니, 제장 군졸이 원수가 다시 살아 돌아옴을 보고 차하 분분하여 서로 기뻐함을 마지 아니하더라.

각설 선시에 운남왕이 오달에게 사십만 병을 주어 명국 동남방으로 쳐들어가게 하고, 왕은 정병 삼만을 거느리고 사잇길로 마운령을 넘어 청하수를 건너서 바로 황성을 범하더니, 이때에 천자가 원수를 보내시고 날로 捷書를 기다리시더니, 천만 의외에 운남왕이 날랜 군사를 거느려 황성을 침범하매, 민성 인민이 불의지변을 당하고 황황 망조하여 호곡하는 소리가 천지 진동하거늘, 천자가 대경하사 만조 백관을 모으시고 적병을 물리칠 계교를 의논하시니, 제신이 복지 주왈,

「성중에 날랜 군사와 지혜 있는 장수는 모두 이봉빈을

따라 출전하옵고, 남은 것은 노약자뿐이오니, 어찌 능히 운남의 날랜 도적을 대적하오리까. 신 등의 어리석은 소견에는 잠시 피란하심만 같지 못할까 하오니, 복원 황상은 오늘 밤에 微服으로 북문을 열어 정양으로 피하시고, 사자를 보내어 이봉빈을 회군하라 하시어 다시 도성을 회복하심이 上策일까 하나이다.」

하거늘, 상이 가라사대,

「짐이 만일 피란하면 도적이 성에 들어와 宗廟 社稷을 불질러 욕을 보이려니, 짐이 무슨 면목으로 다시 백성을 대하리오.」

하시고 탄식함을 마지 아니하시더니, 近侍가 급히 고하여 왈,

「도적이 벌써 남문을 깨뜨리고 물 밀듯이 들어오나이다.」

하거늘, 천자가 망극하사 龍袍를 벗어 버리고 조신들과 섞이어 북문을 열고 피란하시니, 황후와 태자가 사로잡힌 몸이라. 운남왕이 궁중에 웅거하고 선봉으로 크게 외치게 하여 왈,

「만일 항복치 아니하면 황후와 태자를 다 죽이리라.」

하거늘, 천자가 그 말을 들으시고 앙천 장탄 왈,

「짐이 불명하여 일찌기 일재를 택하여 사해를 지키지 못함으로 일조에 사직을 망케 되니, 무슨 면목으로 지하에 돌아가 高皇帝 신령께 뵈오리오.」

하시고 龍淚가 땅에 떨어지니, 제신이 망극하여 항복하여 종묘 사직을 보존하자는 자도 있고, 한번 싸움을 결단하여 사직과 함께 망하자는 자도 있어서, 의론이 분분하여 결단치 못하더니, 文淵閣 太學士 陶港이 출반 주왈,

「제신의 의론이 모두 불가하여이다. 만일 항복하면 오랑캐는 본래 욕심이 많고 신의가 없으니, 장차 그 무한한 욕심을 무엇으로 채우오며, 만일 노약자의 군사를 모아 승패를 겨루고자 하오면, 이는 알로써 돌을 침이라 어찌 완전함을 바라리오. 신의 소견에는 빨리 사신을 보내어 이봉빈을 불러 도적을 물리치게 하심이 상책일까 하나이다.」

천자가 그 말을 옳게 여겨 즉시 조칙을 내려 이봉빈을 부르시더라.

차설, 이원수가 오달의 진을 에워싸고 엄살하니, 오달이 당하지 못하고 깊은 밤에 심복제장을 거느리고 에움을 헤치고 달아나거늘, 원수가 군사를 몰아 따르고자 하더니, 서북에서 사신이 나는 듯이 달려오며 원수를 부르거늘 원수가 말을 멈추고 기다리더니, 사신이 앞에 이르러 조칙을 드리거늘, 원수가 말에서 내려 香案(향안)을 배설하고 조서를 읽으니 하였으되,

「오랑캐가 사잇길로 쫓아 들어와 도성을 빼앗고, 황후와 태자를 사로잡아 항복함을 요구하니, 사직이 위태함이 조석에 달렸는지라. 바라건대 장군은 빨리 회군하여 사직을 구원하라.」

하였더라.

원수가 읽기를 마치매 분기 충천하여 천자에게 일러 왈,

「공은 민지 돌아가소서.」

하고, 즉시 左翼將(좌익장) 張義(장의)를 불러 십만군을 주어 지경을 굳게 지키게 하고, 남은 군사를 급히 몰아 황성으로 향할새, 주야 배도하여 칠일 칠야 만에 정양에 득달하여 유진하고 황제께 뵈올새, 복지통곡 왈,

폐하가 이렇듯 욕을 당하심은 모두 신의 죄로소이다.」
하니, 상이 크게 반기사 가라사대,

　「짐이 무덕함으로 사직이 장차 위태할 터이니, 이제 장
　군이 이르니 짐의 마음이 크게 위로되도다.」
하시고, 누수가 용안에 흐르시니, 원수가 또한 비감하여
체읍 주왈,

　「신이 비록 무재하오나 무지한 오랑캐를 한 칼에 베어
　폐하의 근심을 덜리이다.」
하고, 진중에 돌아와 갑주를 정제하고 일만군을 이끌어
성 밖에 이르러 장사진을 치고, 원수가 말을 내몰아 크게
외쳐 왈,

　「무지한 오랑캐가 천시를 모르고 강성함을 자랑하여 도
　성을 침범하니, 그 죄가 하늘에 닿는지라, 어찌 살아
　돌아가기를 바라리오. 빨리 나와 내 칼을 받으라.」
하니, 운남왕이 대노하여 대선봉 가을추를 명하여,

　「맞아 싸우라.」
하니, 가을추가 응성 출마하여 맞아 싸워 삼합이 못되어
원수의 칼에 죽으니, 운남왕이 가을추의 죽음을 보고 더
욱 분노하여 대장 구비원수를 명하여,

　「대적하라.」
하니, 구비원수가 정창 출마하여 맞아 싸우려 하거늘,
원수가 웃으며 왈,

　「무지한 오랑캐가 과연 천시를 모르고 강포함만 믿도다.」
하며 맞아 싸우니, 구비 원수는 운남의 제일 명장이라,
창 쓰는 법이 神出鬼歿하여 원수와 더불어 오십여 합을
싸우되, 전연 두려워하는 빛이 없고 점점 정신이 씩씩하
거늘, 원수가 생각하되,

「이는 진실로 범 같은 장수로다. 힘으로 제어키 어려우
 니 지혜로 사로잡으리라.」
하고 오륙 합을 싸우다가 말머리를 돌려 달아나니, 구비
원수가 급히 따르며 대호 왈,
「어린 아이가 어찌 감히 어른 말을 당하리오. 빨리 항
 복하여 잔명을 보존하라.」
하거늘, 원수가 수리를 달아나다가 홀연 말머리를 돌려
대갈 일성에 청강검을 들어 적장의 창을 막고 유성퇴로
치니, 적장이 조수 불급하여 면문을 맞아 말아래에 떨어
지거늘, 원수가 말에서 내려 구비원수의 머리를 베어 본
진으로 돌아와, 구비의 머리를 높은 깃대에 달아 군사로
하여금 크게 외쳐 왈,
「운남왕은 무죄한 장수를 죽이지 말고 빨리 항복하라.」
하니, 운남왕이 구비원수의 죽음을 보고 대경 실색하여
성문을 굳게 닫고 나오지 아니하거늘, 원수가 할 수 없
어 말을 경계하여 왈,
「대명 사직의 위태함이 累卵 같으니, 네 비록 미물이나
 또한 아는 것이 있을지라. 마땅히 용맹을 다하여 성에
 올라 나로 하여금 성공케 하라.」
하니, 말을 마치매 이 말이 원래 용종이라. 한번 솟아 성
위에 오르거늘, 원수가 청강검을 들어 문 지키는 장수를
베고, 명진 장졸을 불러 들이니, 그 형세가 태산이 무너
지는 것 같더라. 적병이 불의지변을 당하매 어찌할 줄을
몰라 목숨을 도망하여 사산 분주하니, 서로 밟아 죽는 자
가 不知其數러라. 운남왕이 명군의 입성함을 듣고, 대
경하여 급히 말에 올라 동문으로 달리더니, 원수가 말을
급히 몰아 운남왕의 갈 길을 가로막고 크게 꾸짖어 왈,

「어디로 달아나려 하느뇨.」

하고 칼을 들어 왕이 탄 말머리를 치니, 왕이 번신 낙마하거늘, 원수가 왕을 사로잡아 본진으로 돌아오니, 운남 군사가 병기를 버리고 진문에 이르러 항복하거늘, 원수가 운남왕을 진중에 가두고, 선봉을 보내어 천자를 영접하여 還宮하시게 하고, 황후 태자를 뫼셔 內殿에 드시게 하고, 원수가 제장을 거느려 朝會하니, 상이 대열하사 원수의 손을 잡고 위로하사 왈,

　「짐이 무덕하여 거의 사직을 망하게 되었더니, 경의 충성을 입어 도적을 잡으니, 그 은혜를 어찌 이루 측량하리오. 마땅히 천하를 반분하리로다.」

하시거늘, 원수가 황망하여 頓首 奏曰,

　「신하되어 犬馬之勞를 본받사옴은 신하의 떳떳한 직분이라, 무슨 공이라 하오리까. 도적을 사로잡아 사직을 안보함은 모두 폐하의 홍복을 힘입사와 제장이 힘을 합친 것이오니, 어찌 홀로 신의 공이라 하오리까. 천하를 半分하리라 하심은 신의 불충함을 천하에 공포하심이니, 신이 차라리 국법을 당할지언정 황명을 봉행치는 못하오리이다.」

상이 원수의 마음이 철석 같음을 보고 가라사대,

　「짐이 경의 대공을 아름답게 여겨 장차 천하를 반분코자 하였더니, 경이 굳이 사양하니, 경의 謙讓하는 충성을 위하여 다시 공을 의논하리라.」

하시거늘, 원수가 사은하고 부장을 명하여 운남왕을 잡아들여 옥계하에 꿇리고 크게 꾸짖어 왈,

　「네 조그마한 변방 오랑캐가 감히 天威를 범하여 逆天無道하니, 그 죄 殺之無惜이라, 어찌 살기를 바라리오.

마땅히 너를 베어 천하를 호령하리라.」

운남왕이 돈수 청죄 왈,

「신이 不明 無識하여 이렇듯 대역을 범하오니 죄가 萬死無惜이오나, 잔명을 살려 주시면 改過遷善하여 조공을 극진히 하옵고, 다시 반심을 두지 아니하오리다.」

하며 무수히 애걸하거늘, 천자가 측은히 여기사 가라사대,

「네 죄를 생각하면 마땅히 천벌을 더할 것이로되, 특별히 好生之德을 본받아 용서하나니 다시는 참람한 뜻을 두지 말라.」

하시고, 근시를 명하여 맨 것을 풀어 주어 전상에 오르라 하시니, 운남왕이 천은을 감격하여 복지 주왈,

「신이 용우하와 죽을 죄를 지었삽거늘 황상이 如天之德을 드리우사 莫大之罪를 사하시오니, 고목이 逢春한 듯하온지라, 어찌 성은을 刻骨치 아니하오리까.」

하거늘, 상이 위로하시고 대연을 배설하여 운남왕을 관대하여 보내실새, 원수가 왈,

「신이 운남왕을 데리고 남서로 나가 오달을 항복받고 회군하여 돌아오리이다.」

상이 윤허하시니 원수가 운남왕과 함께 남서로 향하여 오더니, 이때에 오달이 원수가 없는 틈을 타서 명진을 급히 치거늘, 장의 진문을 굳게 지키고 나오지 아니하니 오달이 힘을 다하여 百計로 엄살하매, 명진 장졸이 능히 대적치 못하여 거의 무너지게 되었더니, 이때에 원수가 이미 남서에 당도한지라, 오달이 명진을 엄살함이 萬萬危急함을 보고 말을 몰아 대호 왈,

「오달은 나의 장수를 곤박치 말라.」

하고 풍우같이 달려들어가니, 오달이 원수의 이름을 보
고 대경하여 황망히 군사를 거두어 달아나거늘, 원수가
따르지 아니하고 바로 명진에 이르니, 장의가 제장을 거
느려 진문 밖에 나와 원수를 영접하여 장중으로 들어가
서로 위로 치하함을 마지 아니하더라.

원수가 즉시 글월을 써서 사신을 운남진에 보낼새, 운
남왕에게 일러 왈,

「귀국 대장이 전하의 명이 없사오면 필연 믿지 아니할
듯하오니, 대왕은 또한 글월로 부르소서.」

하니, 운남왕이 그 말을 옳게 여겨 즉시 글월을 써서 주
거늘, 사신이 운남진에 이르러 두 장 글월을 올린데, 오달
이 받아 보고 위연 장탄 왈,

「謀事는 在人하고, 成事는 在天이라 하더니, 이를 두
고 이름이로다. 수십년 공적이 일조에 허사가 되니 어
찌 하늘이 아니리오. 이제 우리 왕상이 사로잡히사 이
미 항복하시니, 내 어찌 가히 항복치 아니하리오.」

하고, 눈물을 흘리며 하늘을 우러러 길이 탄식하니, 慷
慨한 氣像과 激烈한 威風이 강산을 삼킬 듯하더라.

언파에 사자를 따라 명진에 이르러 투구를 벗고 轅門
밖에 투항하거늘, 원수가 친히 나아가 영접하여 당중에
들어오니, 오달이 운남왕을 보고 머리를 두드리며 체읍
왈,

「대왕이 함벽의 욕을 당하심은 소장의 不忠 無才하온
죄로소이다.」

하며 비감함을 마지 아니하거늘, 왕이 오달의 손을 잡고
위로 왈,

「이는 천시를 모르고 망령되이 움직인 연고라. 어찌 장

군의 과실이리오. 천자가 넓으신 은덕을 내리시고, 원
수의 관후하신 은택을 힘입어 죽음을 면하고 본국으로
돌아가게 되니, 우리 군사가 마땅히 개심 역려하여 하
늘 같으신 덕화를 갚음이 옳도다.」
하며, 위로하기를 마지 아니하거늘, 오달이 원수를 향하
여 칭사 왈,
「알지 못하고 그릇 천위를 범하였사오니 바라건대 원
수는 용서하소서.」
원수가 위로 왈,
「신하 되어 국사에 힘을 다함은 당연한 일이라 무슨 허
물하리오. 장군의 충용을 못내 추앙하더니, 하늘이 도
우사 금일에 좌석을 같이하오니 어찌 평생 소원이 아
니리오.」
하고 잔치를 배설하여 운남왕의 군신을 은근히 관대하니,
운남 군신이 원수의 관후함을 못내 칭사하더라.
잔치를 파하고 운남 군신을 보낼새, 원수 운남왕에게
일러 왈,
「황상이 여천지은을 더하여 대왕을 귀국케 하시니, 대
왕은 고국에 돌아갈지라도 황상의 은덕을 잊지 말고,
부하 여러 나라를 통솔하여 극진히 조공하고 다시 외
람된 뜻을 두지 마옵소서. 만일 대왕이 허물을 고치지
아니하시면, 후일 天祿을 누리지 못하시리이다.」
왕이 눈물을 흘려 왈,
「어찌 감히 참람한 뜻을 다시 두리이까. 과인의 평생
뿐아니라 마땅히 자손을 경계하여 聖天子의 恩德과 大
元帥의 惠澤을 갚으려 하나니, 바라건대 원수는 성상
을 도와 태평을 이루시면 해외 창생이라도 또한 원수

의 덕화를 입을까 하나이다.」

하고 이별할새 결연함을 마지 아니하거늘, 원수가 또한 연하여 무사히 돌아감을 못내 일컫더라.

원수가 운남왕을 보내고 대군을 거느려, 황성으로 회군하니, 연로의 수령이 영접하고 전송함에 분주하거늘, 원수가 지나는 곳마다 좋은 말로 위로하니, 원수의 관후함을 칭찬치 않는 이 없더라.

여러 날 만에 황성에 득달하니 천자가 원수의 회군함을 들으시고 백관을 거느리시고 십리 도정에 親臨(친림)하사 원수의 돌아옴을 기다리시더니, 이때에 원수가 천자가 친히 거동하사 기다리심을 듣고 황공하여 말에서 내려 御前(어전)에 복지하온대, 상이 黃門(황문)을 명하사 원수를 붙들어 일으키시고 위로하시니, 원수가 천은을 못내 축사하고 환궁하심을 주달하여 성중으로 들어오니 그 위의가 거룩한지라. 만성 남녀의 구경하는 자가 그 수를 알지 못할러라.

원수가 천자를 뫼셔 환궁하니, 이날 천색이 이미 늦었는지라. 상이 가라사대,

「명일에 대공을 의논하여 封爵(봉작)하리니 경은 물러가 편히 쉬고 일찌기 조회하라.」

하시거늘, 원수가 궐문 밖에 나오니 원래 사처를 정하지 못할지라. 주막을 정하려 하더니, 상이 이 말을 들으시고 즉시 하교하사 별궁을 사송하시거늘, 원수가 천은을 축사하고 별궁으로 하처를 옮기니 그 위의 가장 씩씩하더라.

이날 밤에 원수가 등촉을 밝히고 홀로 앉아 생각하되,

「명일은 필연 공로를 의논하여 벼슬을 더하시리니, 이

를 장차 어찌하리오. 내 처지가 절박하여 陰陽을 바꾸어 황상을 기만하였으니 그 죄도 많거니와, 여간 공로가 있으니 이는 공으로 죄를 속하려니와, 원수를 오히려 갚지 못하였으니 전후 행사가 무엇을 위하였느뇨. 슬프다. 전생에 무슨 죄를 지었기에, 금생에 이러한 벌을 받느뇨.」

하며 슬픈 눈물을 금치 못하다가 홀연 깨달아 가로되,

「내 남복을 개착하고 황상을 기만함은 모두 운공부자의 원수를 갚기 위함이라, 내 마땅히 표를 올려 전후 행사를 낱낱이 주달하고, 심중에 품은 소원을 이루면 비록 千斬萬戮을 당할지라도 또한 아까울 바가 없도다.」

하고 붓을 들어 표를 지으니, 그 뜻이 애원 처창하여 슬픔을 머금지 않는 이 없더라.

차설 천자가 일찌기 皇極殿에 전좌하시고, 원수의 입조함을 기다려 공을 의논하사, 벼슬을 봉하려 하시더니, 문득 근시 아뢰되,

「원수 이봉빈이 표문 올리나이다.」

하거늘, 상이 의아하사,

「읽으라.」

하시니, 그 표문에 하였으되,

「천하 병마 대원수 겸 문연각 태학사 병부상서 신 이봉빈은 돈수 백배하고 표장을 황제 폐하께 올리옵나니, 신이 본래 남자가 아니요, 전임 이부상서이신 이중채의 여아이옵더니, 연기 칠세에 신의 아비가 병부상서 운종의 아들 운기와 秦晉之義를 정하오매 굳음이 금석 같삽거늘, 역신 강희가 매파를 보내어 구혼하옵는지라,

신의 아비가 운가와 정혼한 사연을 이르고 허락치 아니하였삽더니, 讒言이 罔極하여 문종을 무단히 모함하여 절강으로 정배되게 하옵고, 천금을 도적에게 주어 도중에서 목숨을 해치라 하여 수중 원사케 하오니, 신첩의 아비가 운종부자의 참사함을 듣삽고 신첩의 앞날을 생각하여 울울 성병하여 세상을 버리오매 신첩의 어미 그 뒤를 따르오니, 혈혈하온 신첩의 일신이 천지 사방에 의탁이 없사온지라. 역신 강희가 신첩의 孤單無依함을 업신여겨, 간신을 부동하여 거짓 빙폐를 신첩의 장렴중에 넣고, 신첩을 겁박코자 하매, 신첩이 비자 설향의 충의로 대신함을 힘입어 行露之辱을 면하옵고, 남복을 환착하여 정처없이 가옵다가, 황천이 신첩의 정경을 가긍히 여겨 선인의 지시하심으로 강서 땅 한어사 집에 의탁하오니, 그간 만고 풍상을 어찌 다 기록하오리까. 신첩은 듣사오니 殺父之讐는 不共戴天이라 하오니, 강희 비록 신첩의 아비를 죽이지는 아니하였사오나, 또한 강희의 흉하온 여얼로 인하여 죽었사오니, 어찌 친히 죽이는 것과 다름이 있사오리까. 신첩이 헤아리오니, 여자의 형색으로 어찌 능히 至冤極痛을 갚을 도리가 있사오리까. 그러하므로 萬事之計를 각하여 음양을 변하옵고 외람히 과거에 참방하여 聖聰을 기만하오니, 기시에 강희 또한 신첩을 보고 이중채의 아들이 아니라 하옵다가 천위 진노하심을 얻어 마침내 원찬하오니, 신이 천은을 감격함이 어찌 감히 잊사오리까. 심중에 맹세하옵기를 마땅히 犬馬의 忠誠을 다하여 성천자의 여천지은을 만분지일이라도 보답하오려 하옵더니, 마침 운남이 반하옵고 제신의 천거함을 얻사오니, 신첩이 내심에 이르기를 금일이 황상의 鴻恩(홍은)을 보답할 날이라 하여 감히 천병을 거느려 반적을 평정하오니, 성상의 넓으신 덕택으로 제장이 용맹하와 도적을 평정하오니, 황상은 신첩의 사정을 통촉치 못하시고 장차 중상을 내리우사 약간 공로를 포장하시려 하시오니, 신첩이 생각하옵건대 일찌기 본정을 주달하와 기만하온 죄를 당함에 마땅하온지라, 감히 진정을 주달하오니 복원 황상은 斧鉞(부월)의 법을 더하사 신첩의 무상함을 다스리시고 강희 부자를 베시오면, 신첩이 九泉(구천)에 돌아갈지라도 폐하의 여천하신 은덕을 장차 폐부에 새겨 견마가 됨에 매로 보답하옵기를 마지 아니하오리니, 복원 성상은 신첩의 지원 극통함을 깊이 살피소서.」

하였더라.

읽기를 마침에 상이 크게 놀라사 좌우 제신을 돌아보시며 가라사대,

「고금 천하에 어찌 이러한 일이 있으리오.」

하시며 놀라심을 마지 아니하시니, 제신이 모두 놀래어 신기함을 모두 일컫는지라. 상이 즉시 批答(비답)을 내리사 황문시랑으로 宣諭(선유)하시고 즉시 입조하라 하시니, 황문이 비답을 받들어 별궁에 이르니, 원수가 향안을 배설하고 북향 사배후에 비답을 받을새, 黃門侍郎(황문시랑)이 고성으로 낭독하니 그 비답에 하였으되,

「경의 표상을 보니 지극한 효성과 높은 설행이 고금에 무쌍한지라, 짐이 효열을 위하여 강희의 삼족을 멸하려 하나니, 경은 아무 염려치 말고 사자를 따라 입조하여 짐의 보고자 하는 마음을 위로할지어다. 성인도 권도가 있나니 경의 女化爲男(여화위남)은 무슨 허물이 있으리오.

　　그러나 경이 여자임을 들으니 짐의 柱石之臣으로 바라

　　던 마음이 허사로 돌아감을 한하노라.」

하였더라.

　　읽기를 마치매 원수가 천은이 망극하심을 못내 축사하

고, 황문을 따라 조회에 들어와 복지하온대, 상이 가라사

대,

　　「내력을 생각하면 그 정성이 가히 하늘을 감동시킬지

　　라. 하물며 짐이 마땅히 경을 위하여 강희부자를 베고

　　그 삼족을 멸하려니와, 경의 충의로 사직을 안보하니

　　마땅히 천하를 반분할지라, 경은 사양치 말라.」

하시니, 원수가 황공하여 돈수 주왈,

　　「신첩이 진심으로 국가를 돕사옴은 신하의 당연한 직분

　　이오. 또 신첩이 폐하의 성덕을 의탁하여 徹天之冤을

　　갚게 되오니 황은이 여천하옵거늘, 이렇듯 綸音을 내리

　　사오니, 신첩이 몸 둘 바를 알지 못하옵는지라. 복원

　　황상은 신첩의 미충을 성감하사 내리신 명을 거두시면,

　　신첩이 사생간 천은을 폐부에 새기리이다.」

하고 돈수 체읍하니, 상이 후궁을 명하사 원수를 붙들어

전상에 좌를 주시고, 위로하여 가라사대,

　　「경의 대공을 생각하면 비록 천하를 반분하나 무엇이 아

　　까우리오마는, 경이 지성으로 겸양함이 여차하니 짐이

　　억지로 권하기 어려운지라, 마땅히 일품 벼슬을 봉하

　　여 경의 대공을 위로하리라.」

하시고 즉시 조칙을 내리사 이봉빈을 金紫光祿大夫 左丞

相 兼 龍頭閣 太學士 光平侯를 봉하사 식읍 삼만호를 주

시고 황금 채단을 많이 상사하시니, 승상이 마지 못하여

황금과 채단을 받고, 승상과 광평후의 인수는 도로 드리

니 상이 불윤하시거늘, 승상이 거역치 못하여 천은을 축
사하니, 상이 대희하사 출전하였던 제장 군졸을 차례로
봉작하시며 금백을 상사하시니 군심이 희열하더라.

상이 다시 윤음을 내려 가라사대,

「짐이 비록 벼슬을 봉함이 있으나, 광평후의 대공을 삼
분지일도 갚지 못하였나니, 그 원수를 어찌 시각이나
머물리오.」

하시고, 형부에 朝勅을 내려 강희를 불일내로 잡아올리
라 하시더라.

승상이 황은을 못내 축사하고. 물러왔더니, 수일을 지
나 강희를 잡아왔는지라. 상이 승상을 부르시거늘, 승
상이 궐내에 들어가 복지하온대, 상이 가라사대,

「역신 강희를 짐이 유사를 명하여 처참하면 경의 마음
에 쾌하지 못할지라, 특별히 경에게 붙이나니 경은 마
음대로 할지어다.」

하시거늘, 승상이 천은을 감읍하고 물러나와 친히 강희
를 벨새, 문득 동해 용왕의 말을 생각하고 다시 궁중에
들어가 주왈,

「운종이 정배할 때 강희가 천금으로 절강 사공 등을 주
어 운공부자를 모해하온지라. 신이 운남을 征伐할 때
吳達의 계교에 속아 굴함에 빠졌삽더니, 용왕이 구원
함을 힘입사와 龍王府에 들어갔삽더니, 용왕이 신첩에
게 이르기를, 절강 마줄 등이 강희의 재물을 탐하여 운
종부자를 수중에서 모해하였나니 원수를 갚으라 하옵
거늘, 신첩이 미처 아뢰지 못하였사오니, 복원 승상은
마줄 등의 죄를 다스리게 하소서.」

하니, 상이 가라사대,

「짐이 어찌 일개 사공을 아껴서 경의 원수를 갚지 아니
  하리오.」
하시고, 즉시 刑部에 조칙을 내리시니, 형부가 조칙을 받
들고 盛火같이 절강에 이문하여 마졸 등을 잡아들여 꿇어
앉히고 厲聲 大叱曰,

「네 오륙년 전에 강희의 재물을 받고 운상서부자를 수
  중에서 죽임을 생각나느냐.」
하니, 위엄이 추상 같은지라, 마졸이 魂不附身하여 감히
隱諱치 못하고 겨우 정신을 차려 고하여 왈,

「소인의 죄는 萬死無惜이로소이다. 소인이 금일을 당
  하여 어찌 감히 추호라도 기만하오리까. 기시에 강각
  노가 천금중상을 주시며 여차여차하라 하시니, 소인이
  비단 재물만 탐할 뿐 아니오라, 대승상의 위력을 어찌
  감히 거역하리이까. 그러하므로 萬死之罪를 지었사오
  니, 복원 상공은 下情을 洞察하소서.」
하거늘, 승상이 다시 하령하여,

「마졸의 잔당을 모조리 잡아들이라.」
하니, 옥리 십여 명이 적도를 일시에 잡아 들이거늘, 승
상이 무사를 호령하여 엄형 국문하니, 마졸의 초사와 일
반이라. 승상이 노기 충천하여 마졸 등 십여 명을 모조
리 처참하고, 다시 강희를 잡아들여 앞에 꿇리고 청강검
을 들어 강희를 향하여 여성 대매 왈,

「네 벼슬이 일품이요, 부귀가 일국에 으뜸이라, 무엇
  을 구하여 구하지 못하리오. 너도 또한 일찌기 글을 읽
  었으니 옛일을 알지라. 옛날 춘추 때에 송강왕이라 하
  는 인군이 그 신하 한빙의 아내를 보고 마음에 흠모하
  여, 한빙을 살해하고 그 아내를 취하려 하더니, 한빙

의 처가 절개를 지켜 더러운 욕을 받지 아니하고 죽으니, 지금까지 그 절행을 칭송하고 강왕의 행실을 꾸짖지 아니하는 이 없거늘, 네 감히 위권을 자랑하여 무죄한 사람을 애매히 죽이니, 천지 신령이 어찌 무심하시리오. 네 운상서부자만 모해할 뿐아니라, 그로 인하여 우리 부친이 因病致死하시고 모친이 마저 그 뒤를 따르시니, 이는 不共戴天之怨讎라 어찌 일호나 용서함이 있으리오.」

하고, 무사를 명하여 강회를 형구에 높이 매고 승상이 즉시 여복을 환착하고 손에 청강검을 들고 하늘에 축문을 고하니, 그 축문에 하였으되,

「모년 모월 모일에 금자광록대부 겸 용두각 태학사 광평후 이봉빈은 감히 우러러 천지 신명께 밝히 고하옵나니, 운종부자가 신첩으로 말미암아 萬古小人 강회에게 참소를 당하여 무죄히 절강 창파에 어복중 고혼이 되오니, 신첩의 부모가 또한 이로 인하여 일조에 구몰하온지라. 신첩이 다른 형제가 없고, 強近之親이 없는 혈혈 단신이 여차한 지원극통을 당하오니 어찌 원수 갚기를 바라리까. 左思右思하여도 별로 양책이 없사온고로 감히 음양을 변하여 과거에 참여하여 벼슬이 일품에 이르니 금일에 窮天之痛을 갚게 되오니, 이 어찌 黃泉后土의 외로운 정성을 굽어 살피심이 아니시리이까. 감히 삼가 고하옵나니, 伏惟神明은 微衷을 살피소서.」

하고, 읽기를 마치고 일어 사배한 후에 칼을 들어 강회를 가르쳐 왈,

「너도 타인의 자식을 죽였으니, 너도 또한 네 자식이 죽는 모양을 봄이 마땅하도다.」

하고, 강희의 아들 강도를 잡아들여 세워 놓고 그 얼굴을 깎으니, 그 형상은 차마 보지 못할지라, 강희가 울며 애걸 왈,

　「나의 죄는 만사유경이어니와 아들은 무슨 죄가 있으리오. 차라리 우리 부자를 빨리 죽이고 오래 머물지 마소서.」

하거늘, 승상이 대노 왈,

　「네 자식이 어찌 무죄하다 하리오. 이 짐승으로 인연하여 무죄한 목숨이 많이 상하였으니, 그 죄를 생각하면 비록 천참 만륙할지라도 죄가 오히려 남거니와 어찌 가볍게 죽이리오.」

하고, 달려들어 강희부자의 배를 가르고, 간을 내어 운공부자의 靈位(영위)를 배설하고 제문을 지어 치제하니, 그 제문에 하였으되,

　「모년 모월 모일에 천첩 이봉빈은 운상서와 운공자 영위에 감히 원수의 간담을 만들어 致祭(치제)하옵나니, 슬프다. 양가 부모가 공자와 죄첩으로 백년 가약을 정하신 후, 불행하여 소인의 참소를 입어 적소로 가시다가 어복에 장사하심을 당하시매 부인이 또한 뒤를 쫓아 기세하시니, 죄첩의 부친이 첩의 정경을 가긍히 여기사 주야로 애원하시다가, 구천으로 돌아가시고 모친이 따라 기세하시니, 연약한 여자의 일신으로 어찌 능히 세력이 하늘을 흔드는 강희를 당하오며, 구천에 사무친 원한을 어찌 만분지일이나 갚사오리까. 百爾思之(백이사지)하여도 좋은 계책이 없사온지라. 원한이 가슴에 사무칠 따름이옵더니, 소인의 흉계 갈수록 더욱 망극하여, 간인과 더불어 連牆 接頭(연장 접두)하여 강적의 빙폐를 죄첩의 장렴

중에 감추고 죄첩에게 이르기를, 강적의 빙물을 받았다 冒稱하고, 강적이 백주 대로에 건장한 창두를 많이 거느리고 죄첩의 침실에 돌입하여 行露之辱을 더하려 하옵거늘, 죄첩이 분함을 이기지 못하여 벽에 걸린 보검을 내려 간인의 손을 치오니, 무수한 도적이 흉한 수단을 내어 劫辱하려 하옵더니, 다행히 비자 설향의 충성이 백일을 사무침을 힘입사와, 제몸으로 대신하여 강적을 속임으로 죄첩이 虎口를 벗어나오니 불행 중 다행이오나, 고혈하온 여하로 중문을 나가지 아니하다가, 졸지에 문 밖에 나오니 천지가 비록 넓다 하오나 지향할 바를 알지 못하온지라, 향할 바를 모르고 천신 만고로 여러 날을 도로에서 방황하옵더니, 황천 후토가 죄첩의 情景을 矜惻히 여기사 은인을 지시하심으로, 한 어사 부인의 인자하온 은덕을 입사와 일신을 의탁하오니, 몸은 비록 편안하오나 徹天之恨을 생각하오면 어찌 일시나 있음이 있사오리까. 여러 가지로 생각하오니 俠客의 일을 따르고자 하오나, 연약한 여자가 어찌 박랑 철퇴를 바로 던지오리까. 만일 오중부거하오면 역적의 도수를 면하기 어렵사온고로 감히 欺君罔上之計를 생각하여, 본색을 감추고 남자의 의관을 빌려 과거에 참여하오니, 천은이 망극하사 죄첩을 불초하다 아니하시고, 혁혁한 중임을 맡기사 柱石之臣으로 대접하시오니, 죄첩이 고의로 황상을 欺瞞코자 하옴은 아니오나, 죄상을 생각하옵건대 萬死有輕하온지라, 성은이 여천하심을 폐부에 새겨 犬馬之勞를 따라 성은을 만분지일이라도 보답하옵고 지원 극통을 설치하오면, 비록 조석에 죽을지라도 여한이 없으리라 하여 주야로 蒼天

에 축수하옵더니, 마침 운남이 반하여 지경을 침범하옵거늘, 제신이 죄첩을 將帥之才가 있다 하여 天陛*에 추천하오니, 성상이 죄첩의 무상하옴을 내치지 아니하시고 곤외의 중임을 맡기시니, 죄첩이 황명을 받자옴으로 전전긍긍하여 감히 게을리 못하옵고 전심을 다하오니, 천지 신령이 죄첩의 변변치 못한 정성을 감동하사 다행히 오랑캐를 평정하오니, 국운은 조금이라도 갚음이 있사오나 사사 원수는 갚지 못한지라, 진정을 토하여 천폐께 주달하오니, 성상이 여천지은을 내리우사 죄인을 내어 주심으로, 금일에 불공대천지원수를 백일지하에 光明正大히 갚사오니, 죄첩의 지원을 이루었으니 다시 무엇을 더 바라오리까. 비록 지금 죽을지라도 구원에 돌아가는 때에 구고와 공자께 보일 면목이 있사온지라, 伏惟尊靈은 죄첩의 정성을 惟嚮하소서.」

제를 마치고 일장을 통곡하다가 그 간을 넣고 유사를 재촉하여 강희의 삼족을 멸하니, 그 상쾌함을 누가 아니 칭찬하리오.

승상이 궐내에 들어와 옥계에 복지하여 천은을 축사하온데, 상이 그 出天한 孝烈을 못내 칭찬하시거늘, 승상이 다시 주왈,

「옛날 韓信이 一食之功도 천금으로 갚았삽거늘, 하물며 목숨을 구원하온 은덕인데, 신첩이 죽사올 목숨이 용왕의 은덕으로 살았사오니, 그 은혜를 어찌 갚지 아니하오리까.」

하니, 상이 가라사대,

「경은 가히 은혜를 저버리지 아니하는 사람이라 하리

---

* 천폐 : 제왕이 있는 궁전의 섬돌.

로다. 용왕이 비단 경에게만 은덕이 있을 뿐아니라, 대명의 宗廟(종묘) 社稷(사직)이 또한 그의 도움을 입었으니, 짐이 또한 그 은혜를 갚을지라. 특별히 사신을 보내어, 龍神(용신)에게 제사하려 하나니 경의 뜻이 어떠하뇨.」

승상이 주왈,

「이는 불가하여이다. 성상이 만일 사신으로 치제하시오면 신의 정성이 소홀할까 하나이다.」

상이 그 말을 옳게 여겨 백미 일백 석과 채단 이백 필을 賜給(사급)하시거늘, 승상이 사은하고 별궁에 돌아와 그날 밤을 지내고, 이튿날 발행하여 한어사댁으로 향하니, 지내는 열읍 수령이 迎接(영접)하고 餞送(전송)함이 왕자에 비할러라. 여러 날 만에 득달하여 부인께 뵈오니 못내 기뻐하여 秦(진)晉(진)의 苟且(구차)함과 공을 이루고 개가를 불러 돌아옴을 무수히 치하하시고 가로되,

「노신이 잠간 들으니 여차여차하다 하니, 그 말이 과연 정말이냐.」

하시거늘, 승상이 드디어 自初至終(자초지종)을 낱낱이 고하니, 부인이 청파에 희한함을 못내 칭찬하시고 차탄함을 마지 아니하시더라.

익일에 승상이 각처의 도사와 승려를 모으고 일러 왈,

「이제 운상서부자를 위하여 水陸道場(수륙도량)을 배설하고, 또 東海龍王(동해용왕)을 위로코자 하나니, 그 물재를 헤아려 드리라.」

세승이 고왈,

「백미 삼백 석과 채단 이백 필이면 족하여이다.」

승상이 점두하고 즉시 택일하여 所入物役(소입물역)을 절강으로 보내어 도장을 준비하라 하더라.

차설 운공자가 노구의 집에 있어 부친의 병환을 지성

으로 구하나 조금도 차도가 없으매, 주야로 눈물로 세월을 보내더니, 일일은 노구가 이르되,

「공자가 부친의 병환을 지성으로 구호하나 시종 차도가 없으니, 공자의 정경이 가련한지라. 노신이 비록 빈한하오나 朝夕之供을 극력히 이으리니 공자는 病側을 떠나지 마소서.」

하거늘, 공자가 사례 왈,

「무단한 사람이 일시 운수 불길하여 주인에게 누를 과도히 끼치니 불안한 마음이 가이없거늘, 싫다고 아니하시고 이처럼 말씀하시니 그 은혜 하늘 같사온지라, 만일 신령이 굽어보사 부친의 병세가 회복하시면 如天大恩을 비록 마정방종을 할지라도, 만분지일이나 갚사오리다.」

하고, 그 후부터 양식을 구걸하기를 끝내고 지성으로 구호하더니, 하루는 공자가 몸이 고단하여 잠간 졸더니, 일위 소년이 金冠 玉帶에 羽衣 紅裳을 입고, 손에 칼을 들어 강희부자의 간을 내어 먹거늘 놀나 깨니 南柯一夢이라. 즉시 부친께 몽사를 고하니, 상서가 놀라 왈,

「나의 몽사가 또한 여차하니 괴이하도다.」

하시더니, 이로부터 병세가 차도 있어 점점 회복하시더라.

재설, 승상이 수륙제구를 차려 강변에 나아가 수륙도장을 배설할새, 동편 제단에는 동해 廣淵王을 위하고, 중층 상대에는 三十三千 二十八宿 地府十王을 위하고, 중층 하대에는 명사귀졸 十方羅漢을 위하고, 남편에는 남해 廣澤王을 위하고, 중앙 상층에는 운상서부자를 위하여 여러 도사와 모든 승려가 가사를 메고 제금을 두드리며 나

무아미타불을 부르며 說法^{설법}하니, 그 소리가 요란하여 행운이 배회하며 강수가 머무는 듯하고, 희미한 안개가 사면에 자욱하더라.

승상이 향수에 목욕하고 분향 재배하여 축원을 마치고 강변으로 왕래하며 운공부자의 極樂世界^{극락세계}에 還生^{환생}함을 발원하더니, 일색이 중천에 오름에 푸른 안개가 강을 덮으니 어찌 지척을 분별하리오. 승상이 안개를 헤치며 나아가더니, 문득 一葉扁舟^{일엽편주}에 사향머리를 한 여동 양인이 옥저를 불며 오다가, 강변에 이르러 배를 물가에 대고 손을 들어 청하여 왈,

「낭자는 잠간 배에 오르소서.」

하거늘, 승상이 어찌할 줄 모르고 배에 오르니, 여동이 다시 옥저를 불며 배를 저음에 빠르기가 살 같더라.

이윽하여 山明^{산명} 水麗^{수려}한데 일위 선관이 구름 속에 배를 묻고 앉았다가 승상을 보고 반겨 맞으며 왈,

「봉빈아, 네가 나를 아느냐.」

하거늘, 승상이 예하고 공경 대왈,

「인간 범골이 어찌 선관을 알리이까.」

선관이 소왈,

「봉빈이 나를 모르는도다.」

하고, 즉시 여동을 명하여 차를 올리거늘, 승상이 받아 마시니 정신이 상쾌하여 깊은 꿈을 새로 깨는 것 같더라. 그제야 구류 선관인 줄 알고 다시 절하여 왈,

「첩이 인간에 적거하옴에 고행이 심함은 자연 당한 일이라 타인을 원망할 바가 없삽거니와, 운공자와 더불어 백년 가약이 중하옵더니, 시운이 불행하여 운상서가 소인의 참소를 만나 정배가옵더니, 절강에 이르러 참

혹한 변을 당하여 죽사온고로 외로운 혼백을 위로코자
하여 강변에 수륙도장을 배설하옵더니, 마침 선동을 만
나 이곳에 이르러 선생께 뵈오니 진실로 만행이로소이
다.」

선관이 미소하며 왈,

「그대가 이르지 아니하여도 내 이미 아노라. 연전에 운
상서부자가 도적의 화를 만나 거의 죽게 되었기에 동
자로 하여금 구하여 보냈으나, 창파에 놀랜 혼이 병이
되어 병세가 침중하다 하더니, 지금은 알지 못하나 살
아있음이 분명하니, 서편으로 이천팔백리를 가면 운상
서부자를 만나리라.」

하고, 병 두 개와 환약 두 봉을 주며 왈,

「옛날 西王母 瑤池宴에 옥제가 명하사 봉빈의 부모가
비명에 죽었으니, 이 약을 주어 환생케 하여 봉빈으로
하여금 다시 부모를 섬기게 하고, 운기의 천정 인연을
이루게 하라 하시기에 이 약을 주나니 만일 운상서가
죽었을지라도 이 약을 여차여차히 쓰면 너의 부모와 운
상서를 환생하리라.」

하고, 가기를 재촉하며 홀연 보이지 아니하거늘, 승상이
공중을 향하여 무수히 사례하고, 옥호와 약을 거두어 운
대에 내리니, 운무 중에서 홍의 입은 사자가 나오며 읍하
여 왈,

「승상은 그간 무양하시나이까. 우리 대왕이 청하시더
이다.」

하거늘, 승상 왈,

「대왕이 누구시며, 청하심은 비록 감사하오나 塵世 賤
種이 어찌 감히 선경을 범하리오.」

하니, 사자가 미소하며 왈,

「승상은 어찌 이다지 겸양하시나이까.」

하며 등에 업히기를 청하니, 승상이 재삼 사양하다가 마지 못하여 사자의 등에 업혀 눈을 감으니, 一陣 淸風을 따라 순식간에 한 곳에 이르러 내리기를 청하거늘, 승상이 그제야 눈을 들어보니 이는 동해 용왕의 궁이라. 전일에 보던 자취가 宛然하거늘 심중에 기뻐하여 사자를 따라 궁중에 들어가니, 용왕이 승상의 이름을 보고 반겨 白玉床에서 내려 영접하여 전상에 좌를 정하고 예를 마친 후에, 용왕이 칭사 왈,

「조그마한 은혜를 승상이 잊지 아니하시고 거룩한 수륙도장을 베푸사 수부로 하여금 영광이 되게 하시니 그 은혜 여천하온지라. 사해의 용왕이 모두 감격하여 寡人으로 하여금 청하여 사례하는 뜻을 표하라 하더이다.」

하고, 즉시 잔치를 배설하여 은근히 관대하고, 붉은 구슬 한 개를 내어 주며 왈,

「승상이 운공자를 찾아가시면 공자가 필연 상서의 죽음을 당하였을 터이니, 이 구슬을 신체 위에 놓아 두면 비록 만년이라도 살이 썩지 아니하니 이는 용궁 보배라 가져가소서. 속히 떠나심이 비록 결연하오나, 가실 길이 遙遠하시므로 情懷를 다 펴지 못하나이다.」

하고 사자를 명하여,

「길을 인도하라.」

하니, 사자가 등에 오르기를 청하거늘, 승상이 용왕께 하직하고 사자 등에 엎드렸더니 순식간에 절강에 당도한지라, 승상이 사자를 향하여 수고함을 치사하니, 사자가 無恙하심을 당부하고 수중으로 향하니, 그 가는 바를 알지

못할러라.

차시 도사와 승려 등이 바라보니, 승상이 운무 중에서 오리내리듯 하다가 형적이 없어짐을 보고 모두 놀라거늘, 그중에 鐵官道人이라 하는 도사는 원래 도술이 高明한지라, 여러 사람에게 일러 왈,

「승상은 범골이 아니라 신선의 풍채가 많으니, 이는 반드시 용신이 청하여 길흉을 가르침이라.」

하더니, 이윽하여 승상이 法席에 이르매, 제승이 더욱 도사의 말이 분명함을 신기하게 여기더라.

수륙도장을 파함에 승상이 여러 도인과 제승을 후히 상사하여 보내고, 나라에 표문을 올린 후에 玉壺와 丸藥과 구슬을 가지고 龍驄을 몰아 서쪽을 향하여 오더라.

차설 운상서가 홀연 병이 다시 침중하여 백약이 무효하니 생도 막연한지라. 공자의 손을 잡고 위연 탄왈,

「전생에 죄악이 심중하기로 칠년 병석에 마침내 효험이 없으니, 이제는 다시 고향을 보지 못하고 천리 타향에 원한을 머금어 외로운 혼으로 돌아가니, 어찌 슬프지 아니하리오. 그러나 이도 또한 천수라 한하여 쓸데 없나니, 너는 나 죽은 후 고향에 돌아가 너의 모친 모시고, 이소저를 취하여 선조의 향화를 끊지 말라.」

하며 언파에 눈물이 옷깃을 적시더니, 다시 이르되,

「나는 길이 돌아가나니, 나의 해골을 이곳에 두지 말고 선영에 안장하라.」

하고, 두세 번 느끼다가 명이 다하니, 공자가 천지 망극하여 하늘을 부르짖으며 방성 통곡하니, 산천 초목이 다 위하여 슬퍼하는 듯하더라.

이때에 승상이 말을 몰아 수일 만에 한 곳에 다다르니,

높은 산이 하늘에 닿는 듯한지라, 점점 길을 찾아가니 초목이 무성하여 경개가 절승하거늘 말에서 내려 잠간 쉬더니, 홀연 산이 무너지는 듯한 소리가 나며, 금갑 입은 장사 십여 명이 산상에서 무수한 귀졸을 거느리고 내려와 승상을 에워싸고 크게 외쳐 왈,

「우리는 地府神將이라. 이제 지부에 병단이 일어났기로 마귀에 매여 저 용마 萬里雲을 찾으니 간 곳이 없는지라, 천지 사방으로 두루 찾더니, 이제 너의 탄 말을 보니 분명한 만리운이라, 이 말을 도로 주지 아니하면 너를 베리라.」

하거늘, 승상이 대노하여 말에 오르며 대질 왈,

「이 말은 동해 용왕이 나를 준 것이어늘 어찌 너희들의 말이라 하느뇨.」

하고 청강검을 들어 십여 신장과 雌雄을 決斷하니, 승상이 비록 영용하나 어찌 여러 신장을 대적하리오. 거의 패하게 되었더니, 홀연 일위 노인이 산상에서 내려오며 막대로 땅을 쳐 크게 꾸짖으니, 신장 귀졸이 일시에 흩어지는지라. 승상이 말에서 내려 노인을 향하여 재배 왈,

「노인의 은혜를 입어 화를 면하오니, 태산 같은 은덕을 장차 무엇으로 갚사오리까.」

노인이 소왈,

「환난상 구함은 떳떳한 일이라, 무슨 사례함이 있으리오. 그대의 탄 말이 서해 용왕의 세째 아들이리. 일시에 득죄하여 그대를 도우려 인간 세상에 나왔으나 인연이 이미 다한고로, 그대가 말로 인하여 화를 당하니 장차 신명이 위태할지라, 그대를 위하여 가져가노라.」

하고 언파에 말에 오르니, 雲霧를 헤치고 공중으로 솟으

매, 그 가는 바를 알지 못할러라. 승상이 공중을 향하여
무수히 사례하고 두어 걸음을 오다가 홀연 생각하되,

　「저 노인이 변신하여, 나의 말을 속여 가도다. 이제 말
　이 없으니 장차 어찌하리오.」

　주저하다가 강잉하여 산벽 소로로 나아가더니, 문득 길
이 희미하고 대강이 가로막혔으니 어찌 능히 건너리오.
물가에서 방황하더니, 홀연 광풍이 대작하며 물결이 흉
흉한 가운데, 한 짐승이 물을 헤치고 나와 입을 벌리니,
붉기가 주홍 같으며 양눈이 밝은 구슬 같으니, 그 모양이
가장 흉칙한지라. 승상이 대경하여 공손히 빌어 왈,

　「그대는 해중 영신이라, 어찌 사람의 사정을 알지 못하
　리오. 바라건대 길을 빌리면 은혜를 잊지 아니하리라.」
하니, 그 짐승이 눈을 부릅뜨고 소리를 크게 하여 왈,

　「네가 가져가는 보물을 주면 무사히 놓아 보내려니와,
　그렇지 아니하면 목숨을 해치리라.」
하거늘, 승상이 황급하여 다시 빌어 왈,

　「내 전생에 죄가 중하기로 부모를 일찍 여의고 陰陽을
　바꾸어 국가의 위태함을 구하고, 백년 언약을 마치고
　자 하여 유유 장절에 혈혈 일신이 외로이 발섭하다가
　이곳에 이르러 山盡 水窮하여 대강이 막혔거늘, 그대
　이렇듯 핍박하니 차라리 죽음을 당할지언정 그대의 소
　청은 시행키 어려운지라, 그대는 마음대로 하라.」
하니, 그 짐승이 입을 벌리고 달려드니, 그 형세가 상차
해칠 듯한지라. 정히 위급하더니, 문득 수상에서 일위 선
관이 彩船을 타고 이르러 크게 꾸짖어 왈,

　「무지한 악귀는 봉빈을 해치지 말라.」
하니, 그 짐승이 선관이 내려옴을 보고 황겁하여 수중으

로 들어가는지라. 선관이 승상을 청하여 배에 오르게 하고 가로되,

「그대 나를 아는다.」

승상 왈,

「진세의 천종이 일찌기 선경에 이르지 못하였사오니 어찌 알리이까.」

선관 왈,

「그대가 옥경을 하직하고 인간에 내려오매, 煙火(연화)에 상한 바가 되어 옛일을 기억하지 못하도다. 그대가 옥경에 있을 때에 나와 가장 친밀하기로, 옥제의 傳旨(전지)를 받자와 그대를 위하여 길을 인도하노라.」

하고, 옥저를 내어 한 곡조를 부니, 맑은 바람이 습습하여 배를 이끌매 빠르기가 살 같더라.

한 곳에 이르러 배를 가에 대고 승상을 내린 후에, 후일 다시 만남을 기약하고 일진 청풍이 되어 공중으로 오르니 간 곳을 알지 못할러라.

승상이 공중을 향하여 신기함을 못내 축사하고 청계를 따라 점점 들어가니, 차시는 춘삼월이라. 芳草(방초)는 긴 언덕에 비단 자리를 편듯이고, 楊柳(양류)는 시냇가에 드리웠음에 綠沙場(녹사장)을 연한 듯하고, 백화는 곳곳에 만발하였으며 우는 새는 춘흥을 자랑하니, 그 경개가 절승하더라.

시냇가에 앉아 다리를 쉬다가 홀연 들으니, 수림 중에 슬피 우는 소리가 은은히 들리거늘, 자연 마음에 비감하여 곡성나는 곳을 향하여 찾아 들어가니, 수십보를 다 가지 아니하여 수간 초옥이 산을 의지하였는데, 곡성이 그곳에서 나는지라. 문전에 이르러 문을 두드리니, 늙은 노구가 나와 승상을 보고 물어 가로되,

「상공이 이 깊은 산중에 누구를 찾으시니까.」

승상 왈,

「나는 지나는 객인데, 울음소리가 너무 비창함을 듣고 자취를 따라 이곳에 이르렀거니와, 감히 묻나니 어느 사람이 무슨 일로 저다지 슬퍼하느뇨.」

노고가 그 말을 듣고 추연히 탄왈,

「이곳은 여남 서성현 벽계촌이라, 칠년 전에 일위 객관이 소년 공자를 데리고 물을 건너다가 풍랑에 파선하고, 수중에서 거의 죽을 뻔하다가 겨우 목숨을 부지하여 내 집에 이르러 일야를 투숙하더니, 창파에 놀랜 혼이 병들어 날로 침중한지라,그 공자가 지성으로 구호하나 황천이 무심하시고 신명이 돕지 아니하사 어젯밤 세상을 버리니, 그 공자가 망극하여 홀로 신체를 붙들고 우나이다.」

하거늘, 승상이 그 말을 들으매, 심신이 황홀하여 우문왈,

「그 공자의 성명이 무엇이며, 어디를 가다가 파선하였다 하더니까.」

노고 왈,

「객관이 그 자세함을 알아 무엇하시리이까. 공연히 들으면 마음만 비창할 따름이니라.」

하거늘 승상 왈,

「나도 사정이 쓸쓸한 사람인고로 남의 슬픈 일을 보면 힘을 다하여 구제하나니, 원컨대 근본을 자세히 알려주사이다.」

하니, 노고 답왈,

「죽은 사람의 성명은 운종이요, 공자는 운기라 하더이

다.」

승상이 그제야 용왕과 선관의 말을 생각하고, 운공자가 살아 있음을 들으니 일희일비하여 소리가 남을 깨닫지 못하고 失聲痛哭하니, 운공자가 의외의 울음소리를 듣고 놀라 문을 열고 나오거늘, 승상이 바라보니 비록 憂愁 思慮에 형체가 상하고 苦楚 風霜에 풍도가 변하였으나, 칠세 때에 중당에서 서로 보던 얼굴이 의아한지라. 연망히 들어가 상서의 신체를 붙들고 통곡 애원하니, 공자는 영문을 모르고 의혹함을 깨닫지 못하다가, 승상의 울음소리가 그치기를 청하고 공손히 꿇어 가로되,

　「칠년 병친을 조석으로 구호하다가, 마침내 罔極之痛
　　을 당한고로 심신이 혼미하여 귀객을 기억치 못하오니
　　용렬함을 꾸짖지 마시고 밝히 가르치소서.」

승상이 눈물을 거두고 공경 대왈,

　「첩은 오관 태학동 이상서의 무남독녀 봉빈이라. 칠세
　　에 공자와 더불어 양부모의 명을 받들어 글을 지어 맹
　　약이 태산·같삽거늘, 공자가 어찌 잊으시니까.」

공자가 그제야 자세히 살펴보니 이소저의 月態 花容이 분명한지라, 공자가 어린 듯 취한 듯하여 심신을 정치 못하거늘, 소저 왈,

　「전후 사정 수말은 나중에 하려니와, 급히 대인의 명
　　을 구하오리니, 너무 슬허 마소서.」

하니, 공자가 더욱 슬허하여 왈,

　「옛말에 死者는 不可復生이라 하였으니 어찌 소생하시
　　게 하리오.」

소저가 낭중에서 구슬을 내어 신체 위에 놓으니 이윽하여 생맥이 있거늘, 옥호를 기울여 이목을 씻으며 환약

을 갈아 입에 넣으니, 얼마 아니 되어 자던 사람이 깨는 듯하는지라. 공자가 기쁨을 이기지 못하여 소저께 칭사 왈,

「망친을 이같이 환생케 하시니, 은혜가 白骨難忘이라, 장차 무엇으로 갚사오리까.」

소저 공경 왈,

「첩이 비록 공자와 더불어 육례는 갖추지 못하였사오나, 맹세가 금석보다 굳으니, 첩은 운상서의 며느리라. 구고의 병을 구함이 자부의 떳떳한 일이옵거늘 공자가 어찌 은혜라 일컫나이까.」

상서가 정신을 차려 熟視 半餉에 하염없이 눈물을 흘려 왈,

「네 나의 죽음을 어찌 알고 연연 약질이 남복을 개착하고 천리 밖에 이르렀느뇨.」

소저가 드디어 부친이 상서부자의 水中怨死하심을 들으시고 놀라 병이 되어 세상을 버리심에 모부인이 그 뒤를 따라 기세하심과, 강회의 핍박함을 입어 거의 욕을 면치 못할러니, 비자 설향이 대신하고 木蘭의 일을 效則하여 한어사의 댁에 의탁하였다가 등과하여 운남을 항복받고 강회부자를 죽여 원수 갚은 일과, 절강 가에서 수륙도장을 배설하다가, 용왕이 청하여 약을 주던 일을 자세히 고하니, 운공부자가 그 말을 듣고 신기함을 못내 일컫더라. 소저가 다시 고하여 왈,

「왕사를 생각하면 한갓 비창함만 더할 따름이오니, 바삐 영릉으로 돌아가사 존고의 주야로 슬허하심을 위로하소서.」

하니, 상서 왈,

「네 말이 비록 당연하나, 영릉이 이곳에서 삼천여리라. 인마와 반전이 없으니 어찌하리오.」

소저 대왈,

「그는 염려치 마소서.」

하고 즉시 여남부에 공문을 보내어,

「제반 기구를 준비하여 벽계촌으로 대령하라.」

하였더니, 지부가 공문을 보고 황망히 기구를 차려 거느리고 이르러 승상과 운상서께 뵙기를 청하거늘, 의관을 정제하고 나가 맞으니, 지부가 예를 마친 후에 본부로 들어가심을 간청하거늘, 허락하고 여남부에 이르니, 지부가 잔치를 배설하여 극진히 관대하고, 익일에 여남부 守護兵 삼백 명을 調發하여 운상서 일행을 호송하니 그 위의가 거룩하더라.

길을 떠날새 운공자가 벽계촌 노고에게 일러 왈,

「그대의 하해 같은 은덕이 아니었으면 오늘날 영화로이 돌아감이 없을지라. 하늘 같은 은혜를 갚고자 하나 비록 磨頂 放踵할지라도 능히 다 갚지 못할지니, 청컨대 함께 고향에 돌아가 여년을 마침이 어떠하시뇨.」

노고 가로되,

「집이 빈한하여 곤란하심이 많사와 내심에 불안함이 많삽거늘 어찌 은혜라 하시나이까. 그러나 노신이 다른 자녀 없고 나이 이미 늙었사오며, 또 칠년 동거하던 정리를 일조에 떠나기 결연하오니, 마땅히 공자의 두터우신 뜻을 쫓으리이다.」

하고, 상서의 일행을 따라오더라. 행한 지 십여일 만에 호성현에 이르러 소저가 상서께 고하여 왈,

「첩은 먼저 황성에 들어가 천사께 朝見하옵고, 부모 묘

하에 나아가 선관이 주던 약을 쓰려 하오니 대인은 영
릉으로 가소서.」

하고, 인하여 말을 재촉하여 주야배도하여 삼일 만에 황
성에 득달하여 옥계에 복지하온대, 상이 크게 반기사 전
상에 좌를 주시고 가라사대,

「경의 표문을 보니, 운상서 부자의 종적을 찾으려 가
노라 하더니, 그간 고초를 얼마나 겪었으며 과연 만
나보았느냐.」

승상이 전후 수말을 낱낱이 주달하니, 천자가 들으시
고 신기히 여기사 크게 칭찬 왈,

「경의 出天之孝節(출천지효절)은 만고에 무쌍하리로다.」

하시더라.

승상이 궐문 밖에 나와 즉시 부모 분묘에 이르러 관곽
을 헤치고 살펴보니 신체의 살이 이미 모두 썩었거늘, 생
기수를 병에 기울여 백골을 씻으니 살이 점점 살아나 여
전하거늘, 옥호를 기울여 이목을 씻기고 환약을 갈아 입
에 흘리며 구슬을 신상에 놓으니 생기가 점점 돌아와 이
윽고 숨을 통하며 눈을 뜨거늘, 소지가 悲懷交集(비회교집)하여 부
모의 수족을 주무르며 실성 통곡 왈,

「불초녀 봉빈이 왔나이다.」

하니, 상서부부가 정신을 차리매, 꿈인지 생시인지 알지
못하여 맥맥히 보다가 소저를 끌어안고 슬피 울어 왈,

「네가 죽어 혼이 우리를 찾아왔느냐, 우리가 환생하
여 너를 만나 보느냐.」

하며 오열하기를 마지 아니하니, 소저가 눈물을 거두어
무수히 위로하고, 뫼셔 본부로 돌아와 지난 일을 자세히
고하니, 상서부부가 그제야 소저의 손을 잡고 비회를 견

디지 못하여 이윽히 흐느끼다가, 다시 등을 어루만지며 칭찬함을 마지 아니하고, 설향의 손을 잡아 그 충절을 못내 칭찬하니, 비복 등이 모두 기뻐함을 마지 아니하니, 일단 화기가 부중에 가득하더라.

차설, 황부인이 운상서부자가 수중에 참사함을 듣고 애통함을 마지 아니하여 병을 얻어 거의 세상을 버릴러니, 친척과 비복 등이 만단 구호하여 겨우 목숨을 보존하였으나, 花朝 月夕에 매양 슬허하여 눈물과 한숨으로 세월을 보내니, 그 형상은 산천 초목이라도 또한 비창함을 머금을지라, 시비 등이 민망히 지내더니, 일일은 부인이 좌우에게 일러 왈,

「박명한 인생이 천지간에 일시라도 머물지 못할 것이로되, 여 등의 지성으로 구호함을 힘입어 구차히 잔명을 부지하여 남은 세월을 보내더니, 천명이 다한 듯한지라, 여등을 오래 보지 못하고 이 세상을 떠날 것같도다.」

하고 위연히 탄식하니, 시비 등이 위로 왈,

「무슨 상서롭지 못한 말씀이시니까. 비록 여망은 없으나 스스로 위로하여 백세를 향수하실지라, 무슨 연고로 春夢世界를 번뇌하사 形骸를 괴롭게 하시나이까.」

부인이 탄왈,

「여 등이 모르는도다. 상공께서 기세하신 지 우금 칠년에 몽중에도 전혀 보이지 아니하시더니, 전야에는 공자를 데리시고 표연히 들어오사 희색이 만안하시며 나의 손을 잡고 위로하시기를, 「그 동안 외로운 슬픔을 얼마나 겪었느뇨, 서로 만날 날이 멀지 아니하니, 왕사를 생각하니 一場春夢이라, 어찌 허탄치 아니하리오.」

하시며 반기심을 마지 아니하시니, 몽사를 가히 準信치 못하리라 하면 모르거니와, 만일 믿음이 있을진대 나의 명이 어찌 長久하리오.」

하며 못내 비감하시니, 시비 등이 위로 왈,

「이는 부인의 마음이 늘상 슬허하심으로 夢兆가 여차함이오니, 어찌 허탄한 일개 몽사로 사생을 판단하오리까. 바라건대 귀체를 보중하사 심신을 상하지 마옵소서.」

하더라.

그러나 부인의 몽조를 얻은 후로 심신이 황홀하여 기쁜 듯 슬픈 듯하여 마음을 진정치 못하더니, 일일은 부인이 밤에 잠을 이루지 못하고 輾轉反側하여 날 밝기를 기다리더니, 淸晨에 靈鵲이 창 앞에 이르러 세 번 우짖고 날라 가거늘, 부인이 자탄 왈,

「俗語에 이르기를 영작이 지저귀면 기쁜 소식을 듣는다 하나, 나같이 죄 많은 사람에게 무슨 희소식이 있으리오. 타인에게는 상서라 하나 나에게는 이도 또한 재앙이로다.」

하기를 마지 아니하다가, 날이 밝으매 여러 시비가 곁에 모셨거늘, 새벽에 까치가 지저귀던 말을 이르고 길흉을 알지 못하여 主從이 서로 의아하더니, 창두가 급히 들어오며 부인께 고하여 왈,

「밖에 군관이 이르러 이 댁이 운상서댁이냐 하더니, 그 뒤에 수백 명의 군병이 일위 행차를 옹위하여 댁을 향하고 들어오니, 무슨 일인지 알지 못하여 고하나이다.」

하거늘, 부인이 대경 왈,

「오늘 새벽에 까치가 지저귀기로 내가 이르기를, 「타

인에게는 상서가 될지라도, 나같이 박복한 사람에게는
재앙이 되리라」하였더니, 그 말이 과연 옳도다.」
하며 비황하니, 시비 등도 또한 무슨 곡절인지 알지 못
하여 황황 망조하더니, 얼마 아니되어 문 밖에 들리며 일
위 노관인이 소년 공자를 이끌고 들어오거늘, 부인이 경
황하여 피하다가 홀연 돌아보니, 관인은 운상서요 소년
은 공자 운기라. 부인이 정신없이 뛰어내려가 공자를 끌
어안고 방성통곡 왈,
「네 죽어 혼령이 왔느냐, 살아서 육신이 왔느냐.」
하니, 공자 또한 붙들고 실성통곡하다가, 부인을 붙들어
당상에 올라 위로하니, 상서가 또한 눈물을 흘리며 위로
왈,
「인간 고락이 莫非天數라, 인력으로 면하지 못하나니
누구를 한하리오. 그러나 기왕지사 무슨 일로 다시 슬
허하여 심장을 상하리오.」
왕사를 서로 예기하며 흐느낌을 마지 아니하고, 수일 전
몽사와 금일 새벽의 영작의 지저귐이 기쁜 일을 먼저 알
림인 줄 알고, 신기함을 일컬어 울음이 변하여 웃음이 되
니, 원근 친척과 이웃 사람의 치하가 분분하더라.
차설, 승상이 이 사연을 낱낱이 기록하여 상소하니, 황
제가 보시고 크게 칭찬 왈,
「이봉빈의 일은 갈수록 신기하여 고금에 없도다.」
하고 즉일에 조칙을 내리사, 이중채로 吳王을 봉하시고,
부인 가씨로 貞烈王妃를 봉하시고 운종으로 金紫光祿大
夫 左丞相 겸 文淵閣 太學士를 하이시고 부인 황씨를 貞
淑夫人을 봉하사 바삐 입조하라 하시니, 승상이 그 사연
을 영릉으로 통기하더라.

오왕이 궐내에 들어가 옥계에 복지하온데, 상이 황문을 명하여 오왕을 붙들어 전상에 올려 좌를 주시고 가라사대,

「경이 총명 예지의 여아를 생출하여 국가의 위급함을 받들고 문호를 빛내어 영화가 그 부모께 돌아가고, 이름이 죽백에 드리워 천추에 유전하고 공덕이 창생에 더하여 사해에 빛나니, 그 신기한 사적과 출천한 효렬이 고금에 무쌍한지라. 경이 비록 일녀를 두었으나 영귀함이 타인의 백자를 가히 부러워하지 아니하리니, 어찌 기쁘지 아니하리오.」

하신데, 오왕이 돈수 주왈,

「이는 모두 황은이 여천하심이라, 소녀가 무슨 공로가 있다 하리이까. 신이 성명 시대를 당하여 백골이 생육하여 천안을 다시 보오니, 황상의 융성하신 천은을 비록 肝腦塗地하올지라도 능히 보답치 못하리로소이다.」

천자가 용안이 대열하사 가라사대,

「운승상의 입조함을 기다려 마땅히 대연을 배설하여 즐기리라.」

하시더라.

차설 운상서가 부부와 모자가 일실에 團欒하여 웃음으로 날을 지내더니, 의외에 천사가 이르러 조칙을 드리거늘, 상서가 황공하여 香案을 배설하고 북향사배하여 천은을 축사하고 朝勅을 만든 후 잔치를 배설하여 천사를 관대하더니, 소저의 서신이 이르거늘 행구를 수습하여 길을 떠날새, 천사를 먼저 돌려보내고 그 뒤를 따라 가솔과 노고와 비복 등을 거느려 황성으로 향하더라.

차설, 오왕과 소저가 운상서의 올라오는 선문을 듣고,

십리 長亭(장정)에 나아가 맞아 서로 반기고, 함께 성중에 들어와 전일 거처하던 고택에 이르니, 늙은 비복이 영접하여 들어가 가권을 정돈하고, 궁중에 들어가 伏地(복지) 請罪(청죄)하온대, 상이 소황문을 명하여 붙들어 좌를 주시고 가라사대,

「짐이 불명하여 소인의 참소를 신청하고 忠良(충량)을 내치니, 이는 모두 짐의 과실이라, 경으로 하여금 무죄히 수중 원혼을 지을 뻔하였다 하니, 짐의 무도함은 桀紂(걸주)에 비길 것이요, 경의 충절은 용방 比干(비간)을 따를지니 어찌 경을 대하기 부끄럽지 아니하리오. 그러나 성인이 이르사되, 사람이 누가 허물이 없으리오마는 고치는 것이 귀함이 된다 하시니, 기왕은 허물하여 쓸데없는지라, 일컬으면 도리어 마음만 상할 따름이니, 경은 짐의 불명함을 허물하여 버리지 말고, 충성을 다하여 짐의 잘못함을 直言(직언)으로 開導(개도)하여 함께 승평을 누리면 어찌 기쁘지 아니하리오.」

하신대, 승상이 황공하여 체읍 주왈,

「신이 무상하와 충성으로 폐하를 돕지 못하온고로 내치심을 당하오니, 신의 不忠(불충) 頑惡(완악)함은 사흉에서 더하옵거늘, 폐하의 聖明(성명) 仁慈(인자)하심이 堯舜(요순)에 지나 사신으로 하여금 다시 천일을 보게 하시니, 성상의 호생지덕이 하늘과 같이 높으신지라. 그 은덕을 보답코자 하올진대 昊天(호천)이 罔極(망극)하오니 신이 비록 粉骨碎身(분골쇄신)하오나 무슨 아까움이 있사오리까마는, 신의 犬馬之年(견마지년)이 칠십에 가깝사와 耳目(이목)이 昏暗(혼암)하옵고 정신이 산란하오니, 어찌 능히 성천자를 돕사오리까. 복원 황상은 성지를 거두사 신으로 하여금 산수간에 몸을 버려 성명을 노래하

게 하시면, 융성하신 황은을 받자옴이 이에서 더 지낼

자가 없을까 하나이다.」

하고 좌승상 인수를 올리니, 처음에는 상이 불윤하시다

가 그 언사가 간절하고 또 이미 늙음을 민망히 여기사 윤

허하시고, 다시 조칙을 내려 가라사대,

「충량을 표장하고 덕 있는 자를 상줌은 나라의 떳떳한

법이라. 이제 병부상서 운종의 충량이 백관에 으뜸이

요, 덕행이 방국의 표준이 될 만한고로, 짐이 마음으로

아름답게 여겨 특별히 金紫光祿大夫 大丞相 表德侯를

봉하고 식읍 일만호를 주노라.」

하시니, 승상이 황공하여 재삼 겸양하다가 천은을 축사

하고 물러나오니, 오왕이 즉시 택일하여 봉빈의 혼사를

마칠새, 천자가 金銀 綵緞을 많이 상사하시고 공주의 예

를 쓰라 하시니, 혼일을 당함에 조정 백관이 모두 모인지

라. 그 위의 인신의 처음이더라.

이날에 소저가 七宝 鳳冠을 쓰고 채의를 갖추니, 전일

에 운남을 정벌할 때에는 영웅의 기상이 늠름하더니, 금

일 혼례석에는 옥인의 태도가 연연하더라. 교배례를 마

침에 홍일이 서산에 저물거늘, 양인이 洞房花燭에 함께

밤을 지내니, 주밀한 정과 탐탐한 사랑이 비할 데 없더

라.

삼일을 지낸 후에 위의를 갖추어 운부에 이르러 구고

께 보일새, 폐백을 받늘어 드리니 승상이 웃어 왈,

「현부의 금일 태도를 보니, 전일의 被甲 上馬하여 만

군중에 횡행하던 英風이 짐짓 일장춘몽인가 하노라.」

소저가 그 말씀을 듣고 부끄러운 빛이 양미에 잠기니,

沈魚落雁之容과 佩月羞花之態를 어찌 족히 일컬으리오.

진실로 萬古 絶艶이라. 승상부부가 그 모양을 보고 더욱 귀여워하더라.

소저가 구고를 효도로 받들고 군자를 의리로 섬기며 친척을 화목하게 하고 비복을 인의로 무휼하니, 칭송의 소리가 원근에 자자하더라.

차설, 천자가 전일에 이소저가 남복으로 한어사 집에 의탁하였을 때에, 한소저와 더불어 백년 가약이 금석보다 굳음을 들으신지라. 이때를 당하여 양가에 조칙을 내려 한소저로 운기의 둘째 부인을 삼으라 하시니, 양가가 황은을 감격하여 즉시 길일을 택하여 빙폐를 전하고 혼인을 마치니, 한소저의 德行과 才貌가 또한 소저의 버금이라, 구고의 사랑함과 군자의 귀중함이 그지 없으니, 운씨의 福祿이 無量함을 뉘 아니 칭선하리오.

이소저가 한소저에게 일러 왈,

「첩이 부인과 더불어 전일에 동방 화촉에 맥맥히 앉아 심혼을 가만히 사름을 생각하니, 짐짓 東園 蝴蝶이로다. 옛날에 莊周가 蝴蝶이 되고, 蝴蝶이 莊周가 됨을 알지 못하였다 하더니, 이제 첩은 일개 이봉빈으로 爲男爲女하여 천금 소저를 제반으로 희롱하니, 그 죄를 도망키 어려울지라. 바라건대 부인은 용서하사 허물치 마소서.」

하고, 언파에 웃음소리가 낭연하니, 한소저가 또한 양협에 홍조를 띠고 웃어 왈,

「그는 기왕에 지나간 일이라 일장춘몽으로 돌아보려니와, 바라건대 소저는 다시 이공자로 변하지 마시어, 첩으로 하여금 東家食이 西家宿하는 수고로움을 면하게 하소서.」

하고 설파에 두 소저가 呵呵大笑하니, 이후로 두 소저의 서로 사랑하고 중히 여김이 골육 같으니, 칭찬하지 않는 이 없더라.

차설, 상이 인재를 고르고자 하사 謁聖科를 보이시거늘, 운공자가 여러 선비를 압두하고 계화 제일지를 꺾으니, 상이 아름답게 여기사 인견하시고 장원급제를 제수하시고, 총행하심이 날로 융성하사 일년이 다 지나지 못하여 여러 벼슬을 지내어 吏部尚書에 이르니, 운생의 사람됨이 忠勤하고 정직하여 인군의 의리로 섬기고 동열을 예로 대접하니, 명망이 조야에 가득하여 사해의 추앙함이 泰山 北斗에 내리지 아니하더라.

각설, 泰山賊 王恒 등 십여 인이 무리 수천을 모아 강화 사이로 출몰하며 지방을 요란케 하거늘, 상이 예주자사에게 조서를 내리사,

「도적을 사로잡아 지방을 안녕케 하라.」
하시니, 예주자사 陳應이 태산태수에 移文하여,

「도적을 정벌하라.」
하매, 태산태수 孔泉이 토병을 모집하여 도적과 더불어 싸우다가, 왕항의 부장 呂圭가 공천을 죽임에, 도적이 더욱 猖獗하여 군현을 엄습하며 촌락을 노략하니, 난민이 다투어 투항하매 순월지간에 무리 사오만에 이른지라. 예주를 에워싸고 치거늘, 예주자사 진응이 오천 관군을 거느려 도적을 막다가 도적의 계교에 속아 성이 무너지고, 관군이 대패하여 진응이 사로잡힌 바가 된지라. 도적이 겁박하여 항복하라 하거늘, 진응이 굴하지 아니하고 도적을 꾸짖다가 마침내 해를 당하니, 적세가 더욱 豪大하여 향하는 바에 당할 자가 없으니, 백성이 도탄에 빠

져 사방으로 흩어지니, 강회 사이가 어언간에 賊窟(적굴)이 된지라. 양주자사의 표문이 날로 이르러 도적을 제어하기를 청하거늘, 천자가 근심하사 제신에게 일러 가라사대,

「도적의 형세가 자못 강성하니, 光平侯(광평후) 같은 자가 아니면 능히 진압치 못할지라, 이를 장차 어찌하리오.」

하시며 근심함을 마지 아니하시거늘, 이부상서 운기가 出班(출반) 奏曰(주왈),

「신이 비록 무재하오나 一旅之士(일려지사)를 주시면 도적을 멸하여 성상의 근심을 덜리이다.」

하니, 상이 대희하여 즉일에 운기를 睿揚招討使(예양초토사)를 하이시고 정병 일만을 주시거늘, 상서가 사은하고 부중으로 물러와 승상 양위께 하직하고, 이소저의 침소에 이르러 도적 정벌하러 감을 이르고 계책을 물으니, 이소저 왈,

「병서에 일렀으되, 柔能勝強(유능승강)하고 弱能制強(약능제강)이라 하였사오며, 또 고인이 이르기를 太強則折(태강즉절)하고 太柔則敗(태유즉패)라 하오니, 대저 장수 되는 법이 能強能柔(능강능유)하고 至進至退(지진지퇴)하며, 상벌이 분명하고 은의가 병행한 연후에야 능히 성공하나니, 장수 되는 법이 대략 여차하온지라, 군사의 일은 멀리 헤아리기 어렵사오니, 군자는 그 형세를 따라 제어하실지어다. 그러하오나 첩이 듣사오니, 강회 殘民(잔민)이 기한을 견디지 못하여 流離(유리)하옵거늘, 지방을 지키는 자가 撫恤(무휼)*치 아니하고 도리어 위협하오니, 피곤한 백성이 돌아갈 바를 알지 못하여 무리를 취합하여 朝夕之命(조석지명)을 보존함이라, 어찌 그 본심이 불량하여 난리를 즐겨함이리오. 만일 졸연히 핍박하오면 도적이 進退維谷(진퇴유곡)이라, 필연 죽음으로 관군을 대적하오리니,

---

*무휼 : 불쌍히 여겨 위로하며 물질로 은혜를 입힘.

만일 관군이 실수함이 있사오면, 도적의 형세가 더욱 창궐하여 일조일석에 능히 박멸치 못할지라. 국가의 대환이 되리니, 이제 군자는 窮寇^{궁구}와 더불어 칼날을 다투지 마시고, 우리의 옛일을 효칙하여 그 마음을 항복받게 하소서. 대인 군자의 鬼謀神策^{귀모신책}은 알지 못하옵거니와, 첩의 어린 소견에는 이것이 상책일 듯하오니 군자는 첩의 말씀을 깊이 들으소서.」

상서가 궐연히 일어나 두 번 절하여 왈,

「부인의 말씀을 듣사오니 胸襟^{흉금}이 爽快^{상쾌}하여 취한 꿈을로 깨듯 하니 삼가 가르치심을 받으리이다.」

하고 행군하여 양주 지방에 이르러 留陣^{유진}하고, 적괴 왕항의 있는 곳을 탐지하여 종자 수인을 데리고 單騎^{단기}로 왕항의 陣樓^{진루}에 이르러 서로 봄을 청하니, 왕항이 대경하여 피하려 하다가 초토사 단기로 왔음을 듣고 의아하여 갑주를 갖춰 좌우에 장수를 명하여 창검을 베푼 후 초토사를 청하여 들이거늘, 상서가 조금도 두려워하지 아니하고 앙연히 들어가니, 왕항이 여성 왈,

「그대 초토의 조칙을 받았은즉, 마땅히 칼날을 세워 승부를 겨룰 것이어늘, 무슨 일로 보기를 청하였느뇨. 이를 말이 있을진대 자세히 할지어다. 만일 사리에 합당치 아니하면, 劍下之魂^{검하지혼}이 됨을 면치 못하리라.」

하고, 언파에 기상이 씩씩하여, 맹호가 절벽에 걸터앉아 소리를 지름과 같거늘, 상서가 웃어 왈,

「내 조정에서 그대의 성명을 듣고 영웅의 資品^{자품}이 있는가 하였더니, 금일 서로 보니 진실로 소견이 좁아 山林^{산림}初口^{초구}의 이름을 면치 못할지어늘, 지방의 資木之臣^{자목지신}이 장수 재목이 없어서 성명을 속절없이 버린 자가 많으

니, 어찌 한하지 아니하리오.」

왕항이 그 말을 듣고 더욱 대노하여 크게 소리하여 왈,

「어찌 아느뇨.」

상서가 왈,

「내 들으니 진실한 용맹이 있는 자는 기상으로 타인의 두려움을 구하지 아니하고, 큰 지혜가 있는 자는 졸한 듯한다 하니, 이제 그대는 한 사람을 두려워하여 갑주를 갖추고 유위가 부족하여 좌우에 병기를 베푼 후에, 감히 나를 청하여 드리고 맹렬한 기색을 억지로 지어 위풍을 자랑하니, 이는 나약한 지아비와 아녀자를 놀래게 하려는 수단이라, 어찌 정인 군자를 대하는 체면이리오. 이로 볼진대 그대의 용맹이 없고 지혜가 부족함을 가히 알지라. 내 잘못 듣고 필부의 손에 죽게 되니 이는 自取之患이라. 다시 원할 바가 없거니와, 나 죽은 후에 수 많은 무죄한 인명이 따라 죽으리니 어찌 아깝지 않으리오.」

왕항이 청필에 연망히 좌우를 호령하여 병기를 물리치며, 상서를 붙들어 상좌에 앉히고 투구를 벗으며 두 번 절하여 왈,

「노망한 필부가 눈이 있어도 태사를 보지 못하여 대인을 능멸하오니 만사유경하온지라. 바라건대 대인은 天地不在之恩을 드리우사 죄를 용서하시고 생도를 가르치소서.」

하거늘, 상서가 황망히 답례하고 가로되,

「이제 성천자가 위에 계셔 恭儉 仁慈하시어 시민여상하시거늘, 소위 자목지신이 성의를 본받지 못하여 제공을 의리로 대접하지 아니하고, 貪虐不法하여 재물을 구

함이 그지없는고로, 공 등이 억울함을 견디지 못하여
무리를 모아 貪官汚吏와 더불어 목숨을 거니, 일시는
비록 쾌활하다 하나 어찌 장구 양책이라 하리오. 비유
하건대 고기가 가마 속에서 노닐고 제비가 장막에서 깃
들임과 같은지라. 패망이 조석에 박두하리니, 식견이
있는 자로써 볼진대 어찌 애석치 아니하리오. 성천자
가 혁연 진노하사 비인으로 하여금 공등을 진압하라 하
시니, 지금 형편으로 의논할진대 공등의 당류가 비록
오륙만이나 모두 烏合之卒이라, 어찌 능히 조련한 관
군을 대적하리오. 칼날을 한번 세우면 이로움을 보리
라고 단정치 못할지라. 그러므로 비인이 수만 인명을
구하고자 하여 利害로 이르니, 공 등을 위하여 계교할
진대 왕사를 뉘우쳐 갑옷을 벗고 병기를 버려 성천자
印綬之域에 돌아오면, 비인이 마땅히 공 등이 사세가 절
박하여 망중한 생명을 보존코자 함이요, 고의로 황상
을 배반하려 함이 아닌 뜻으로 극력 주달하니, 성상이
본래 호생지덕이 여천하신지라, 필연 긍칙히 여기사 죄
를 사하시리니, 대저 지혜 있는 자는 轉禍爲福하고 용
맹이 있는 자는 反敗爲功하니, 공 등이 생도를 얻을
기회가 금일에 있는지라. 청컨대 세 번 생각할지어다.」
왕항이 청필에 눈물을 흘리며 고두 사왈,
「무지한 필부가 一時之忿을 이기지 못하고, 또 생명을
보호코자 하여 萬死之計를 내었사오니, 스스로 생각하
오니 長久之策이 아니라, 비록 말고자 하오나 進退가
無路하오니 가위 기호지세라, 죽기를 무릅쓰고 頑命을
구차히 보존하옵더니, 이제 대인의 말씀을 듣사오니,
肺肝을 들여다보심 같사온지라, 감읍한 회포를 어찌 견

디리이까. 황천이 굽어 살피사 대인이 금석 같으신 의론
을 베풀어 생로를 지시하오니, 이는 우리 등의 再生之
秋라, 하해 같은 은덕을 생사간에 어찌 감히 잊사오리
까. 복원 대인은 성천자께 좋게 진달하사 死罪를 면하
게 하시면 즉시 회심이 역력하고 改過遷善하여 병기를
버리고 농토에 돌아가서 安分 樂業하여, 다시 화외지맹
이 되지 아니리이다.」

하거늘, 상서가 다시 좋은 말로 위로하니, 왕항 등이 감
격하여 잔치를 배설하여 상서를 관대하려 하거늘, 상서
가 만류하여 왈,
　「一文錢과 一粒粟이 그대 등의 근력 기중하여 작만한
　바가 아니오, 모두 인명을 살해하고 破家 劫舍하여 얻
　은 바이어늘, 내 어찌 차마 입에 넣으리오.」

하니, 왕항 등이 부끄러워 칭사함을 마지 아니하거늘, 상
서가 즉시 본진에 돌아와 천폐에 표를 올려 왕항 등의 죄
를 용서하심을 청하니, 천자가 보시고 대열하사 가라사
대,
　「운기가 병기의 피를 흘리지 아니하고 여러 해 경화하
　던 도적을 일조에 항복받으니, 비록 옛적의 명장이라
　도 어찌 능히 이에 더하리오.」

하시고, 인하여 조칙을 내리우사 도적의 죄를 사하시고,
전곡을 흩어 주어 고향으로 돌아가게 하시고, 왕항 등 십
여인은 각기 재능을 따라 벼슬을 맡기시니, 도적이 천은
을 감격하여 눈물을 흘리고 흩어져 갈새, 상서가 다시 효
유하여 왈,
　「공등이 逆天之罪를 지었으되 성상이 다스리지 아니하
　시고, 도리어 過望한 조칙을 내리우사 전곡을 주어 보

내시니, 그 은혜를 어떻다 형언키 어려운지라. 차후에 만일 다시 망령된 생각을 품으면 성상이 隆待(용대)치 아니하실 뿐아니라, 천지 신명이 또한 돕지 아니시리니 깊이 생각할지어다.」

하니, 도적이 무수히 절하여 불감함을 일컫고, 서로 이끌어 가더라.

상서가 회군하여 황성에 이르러 옥계에 복지하온대, 상이 반기사 왕사에 근로함을 위로하시고, 벼슬을 돋우사 금자광록대부 우승상 겸 집현전 태학사를 하이시고, 금은 채단을 많이 상사하시며, 출전하였던 장졸을 후히 상사하시니, 제장 군졸이 말 한번 달린 수고로움이 없이 후상을 받으매, 모두 기뻐하여 성덕을 칭송하는 소리가 천지를 진동하더라.

상서가 천은을 축사하고 본부에 돌아와 승상 양위께 뵈온 후 이소저 처소에 이르니, 소저가 문 밖에 나와 기뻐 영접하여 전진에 수고로움을 위로하거늘, 상서가 사례하여 왈,

「부인의 가르치심을 힘입사와 대적을 항복받아 왕명을 욕보이지 아니하오니, 어찌 감사하지 아니하오리까.」

소저가 손사 왈,

「첩이 무슨 공이 있으리까. 이는 모두 군자의 천성이 강명하사 종간 여류하심이로소이다.」

하니, 차후로 상서가 이소지를 애중함이 더욱 비할 데가 없더라.

이로부터 사방이 무사하고, 雨順風調(우순풍조)하여 오곡이 풍등하여 만민이 擊壤歌(격양가)를 부르니, 진개백성이 무사함에 關域(관역) 無事(무사)한지라. 조야가 昇平(승평)을 즐기니 堯舜(요순)의 陶由之治(도유지치)

를 다시 불러라.

이러구러 세월을 보내더니, 광음이 유매하여 어느 덧 팔년 星霜을 지내니, 오왕부부의 향년이 칠십사세라. 이해 팔월에 우연 득병하여 수일을 신음하다가 奄然 歸天하시니, 이소저가 천지 망극하여 初終 兩禮를 지성으로 지내니, 천자가 또한 예관을 명하사 치제하시고 이소저에게 조문하시니, 소저가 망극한 중에 천은을 못내 축사하더라.

삼년 초토를 받들새 애통함이 과도하여, 일월이 갈수록 더욱 심하여 병이 날 듯하니, 학사와 자녀가 민망히 여김을 마지 아니하고, 원근 친척은 그 효성이 출천함을 칭송하지 않는 이 없더라.

그 후 사년을 지내어 포덕후 부부가 이어 기세하시니, 학사와 두 소저의 애통함이 예도에 지내더라.

이때에 이소저는 오자 이녀를 두고, 한소저는 삼자 사녀를 두었으매, 모두 名公巨卿으로 연인하여 슬하의 낙이 극하더니, 학사부부가 나이 팔십삼세에, 일일은 홀연 운무가 사면에 자욱하며, 붉은 기운이 집에 가득하고 향내가 코를 진동하더니, 운무가 걷히매 학사부부가 白日 昇天한지라. 다만 공중으로 풍류 소리가 요란할 뿐이어늘, 자녀 등이 망극하여 공중을 우러러 통곡하고 의관을 거두어 선산에 안장하니, 그 신기한 소문이 사해에 전함에, 모두 이르기를 玉京 仙官이 인간에 적강하여 신기한 일을 세상에 유전함이라 하더라. 이후로 자손이 계계승승하여 충효를 숭상함으로 혁혁한 이름이 여러 대를 전하고, 사환이 끊이지 아니하고 名人 達士가 중중하여 강남의 제일 華族이 되니, 이는 운학사와 이소저의 충효렬

을 힘쓴 소치라. 하늘이 어진 사람에게 무궁한 복록을 주
신다 함이 허언이 아닐러라. 한소저는 자손의 영화를 극
진히 누리다가 세상을 버리니, 향년이 팔십팔세라. 이소
저의 기이한 사적과 감복할 만한 일이 이외에도 있으나
기록하기 지리하여 대강 전하노라.

〈활판본〉

金鶴公傳

〔해　설〕　金鶴公傳

―― 권선징악의 주제가 짙은 복수소설

　이 작품은 구성에 있어 너무나 우연성을 남용하여 비현실
적으로 그려졌으므로 실감을 덜 느끼게하는 것이 아쉽다. 플
로트에 있어서 학공의 아내 별선이 남편을 위해 자기 몸을 희
생코자 하는 것은 우리 나라를 배경으로 쓴 〈옥낭자전〉과 비
슷하나 여기서는 여성의 절개를 주재로 한 작품이 아니라 어
디까지나 부모의 원수를 갚는 복수소설이다.
　주인의 은혜를 받은 노비들이 주인을 배반하여 주인의 가
족들을 살해하고 재산을 탈취해 가지고 도망해서 부유하게 살
았으나 학공의 복수를 끝내 면치 못하고 패가망신했다는 것
을 보면 권선징악적인 주제가 저변에 흐르고 있음을 알수 있
다. 요컨대 주인을 배반한 노비들에 대한 복수 이외에는 아
무것도 찾아볼 수 없는 작품이나 인물 구성이나 사건 전개에
있어서 노비들을 등장시켜 주인을 배반케 하므로써 사건을 이
끌어 나갔다는 것이 조선시대의 소설에서는 특이한 구성법이
라 하겠다. 다시 말하면 구성의 참신성으로 보아 작품으로서
의 가치를 인정할 만한 작품이다.

金鶴公傳

화설, 大宋年間에 江州 洪川府 북면에 한 재상이 있으
니, 성은 金이요, 이름은 泰니, 세세로 士宦이 그치지 아
니하고, 태에게 이르러 소년 등과하여 벼슬이 郎廳*에 미
쳤더니, 風塵宦路에 뜻이 없어 상께 하직하고 고향에 돌
아와 달 아래 고기 낚기와 구름 속에 밭 갈기를 일삼아 농
업에 힘써 가산이 饒富하매, 동네 사람들이 金長者라 칭
하여 세상에 그리워할 것이 없으되, 나이 사십에 슬하가
적막하여 일점 혈육이 없으매, 그 부인 崔氏로 더불어
매양 탄식으로 세월을 보내더니, 일일은 김낭청이 春興
을 못 이겨 書案에 의지하였더니, 한 백발 노인이 青藜
杖을 짚고 와 이르되,
「靈寶山 雲水庵에 올라가 백일을 기도하고 지성으로

---

*낭청:이조 때 각 관아의 당하관(堂下官)의 총칭.

축수 發願^{발원}하면 일남일녀를 두리라.」

하고 문득 간 데 없거늘, 놀라 깨달으니 南柯一夢^{남가일몽}이라.

낭청이 신기하게 여겨 안으로 들어가 부인에게 몽사를 낱낱이 말씀하고, 즉시 길일을 택하여 목욕재계하고 영보산 운수암에 올라가 지성으로 백일을 기도하고 돌아왔더니, 과연 그달부터 잉태하여 십삭에 일개 옥동을 낳으니, 낭청이 크게 기뻐하여 아이를 보니, 기골이 장대하여 후일에 반드시 奇男子^{기남자}가 되겠더라.

이름을 鶴公^{학공}이라 하여 掌中寶玉^{장중보옥}같이 사랑하더니, 삼년 후에 최씨가 또 잉태한 지 십삭 만에 일개 옥녀를 낳으니, 인물이 비범하여 필경 女中君子^{여중군자}가 될러라.

이름을 美德^{미덕}이라 하여 날로 사랑하더니, 苦盡甘來^{고진감래}와 興盡悲來^{흥진비래}는 사람의 상사라. 낭청이 홀연 득병하여 백약이 무효하니, 스스로 일어나지 못할 줄 헤아리고 부인과 학공의 손을 잡고 탄식하여 왈,

「내 병이 回春^{회춘}치 못할지라. 내 나이 사십여 세라 단명하다는 말은 면하려니와, 미성년한 자녀를 부인께 부탁하고 세상을 하직하니 지하에 돌아간들 어찌 눈을 감으리오. 허다한 노비와 전답을 主張無人^{주장무인}하겠으니 이 일을 장차 어찌하리오. 세상사를 생각하매 胸膈^{흉격}이 막혀 낱낱이 말을 못 하겠노라.」

하며 슬픈 눈물이 옷깃을 적시더니, 인하여 명이 다하니 나이 사십륙세라.

일가가 망극하여 곡성이 진동하고 부인은 자주 기절하거늘, 학공이 모친을 위로 왈,

「伏望^{복망}, 모친은 과히 슬퍼하지 마옵소서.」

하고 애걸하니, 부인이 겨우 정신을 수습하여 初終凡節^{초종범절}

을 정성을 다하여 마친 후 눈물로 세월을 보내더니, 이때 奴者들은 상전의 主幹無人함으로 인하여 점점 강성한지라.

노자 중 朴明錫이라 하는 놈이 흉계를 생각하고 저의 동류를 청하여 의논 왈,

「우리가 매양 남의 종 노릇만 할 것 없으니, 지금 상전이 부인과 어린 아이뿐이라. 이때를 타서 상전을 다 죽이고 금은보화를 탈취하여 가지고 무량 桂島섬에 가 양민이 됨이 어떠하뇨.」

하니, 모든 奴屬이 일시에 응하거늘, 명석이 모든 사람에게 허락을 받은 후 하는 말이,

「그대들의 뜻이 이러할진대 모월 모일에 잔치를 배설하고 그 날로 계교를 행하자.」

하고 각각 돌아가니라.

이때에 학공의 유모가 마침 명석의 집에 갔다가 이같이 의논하는 말을 엿들은 후에 마음이 떨리고 가슴이 서늘하여 가만히 생각한즉,

「이 말을 부인에게 전하면 내가 그놈에게 죽을 것이요, 아니 고하면 인정상 차마 못할 바이라.」

하고 유예하여 미결하던 차에, 일일은 노자 諸人이 잔치를 배설한다 하거늘, 유모가 마지 못하여 들어가 부인에게 이 말을 자세히 고하고 정신없이 앉아 눈물을 흘리거늘, 부인이 이 말을 들으매 천지가 아득하여 기절하였다가, 半餉 만에야 겨우 정신을 차려 가슴을 두드리며 하는 말이,

「이것이 어인 말인고. 이러한 흉계가 있으되 망연히 아지 못하고 이 같은 大患을 당하니 이 일을 장차 어찌

하리오. 미덕과 나의 목숨은 고사하고 만일 학공을 죽이면 김씨의 香火(향화)를 뉘라서 받들리오. 세상 천하에 이같이 망극한 일이 어디 있으리오. 바라건대 유모는 좋은 묘책을 생각하여 학공을 살려 주면 은혜를 황천에 돌아간 고혼이라도 갚을 것이니 깊이 생각하라.」

하고 눈물이 비 오듯 하니, 그 참혹한 경상은 일월이 無光(무광)하고 초목과 금수가 다 슬퍼하더라.

유모가 다시 고왈,

「晝思夜度(주사야탁)에 아무리 생각하여도 좋은 계교 없사오나 인명이 재천이라 하오니 설마 어떠하오리까.」

하니, 부인이 유모를 붙들고 통곡하여 왈,

「유모의 수단으로 살지 못한다면 노자들을 남녀노소 없이 낱낱이 불러 우리 집 재물을 分給(분급)하여 贖良(속량)하여 주고 목숨을 보전하겠으니 모두 다 데려오라.」

하니, 유모 하는 말이,

「아무리 생각하와도 저희들이 이미 계교를 정하였으니 듣지 아니하올지라, 미리 피신함만 같지 못하오니 깊이 생각하옵소서.」

부인 왈,

「도망을 하자 한들 저놈의 배포 設心(설심)이 이같이 강성하였으니, 子子弱質(혈혈약질)이 어린 자녀를 데리고 갈 수도 없고 아니 갈 수도 없으니 이 일을 장차 어찌하잔 말고.」

하며, 학공을 붙들고 실성 통곡 왈,

「슬프다. 너의 부친이 나와 무슨 연분이 至重(지중)하여 나이 사십에 자식이 없어 서러워하다가 너의 남매를 얻어 後嗣(후사)를 전하고자 하였더니, 造物(조물)이 시기하여 불행히 너의 부친이 일찌기 세상을 버리시니, 마땅히 뒤를

따르고자 하나 너의 남매를 생각하고 망망한 천지간에
구차히 살았다가, 이 같은 罔極之變을 당하니 어느 친
척이 있어 구제하리오. 옥황상제께 비나이다. 유유한 蒼
天은 무죄한 인생을 굽어 살펴옵소서.」

하며 무수히 통곡하다가, 한 계교를 생각하고 땅을 깊이
파고 학공을 그 속에 넣고 노비 전답 문서를 전대에 넣
어 허리에 띠고, 먹을 것을 많이 넣고,

「배 고프거든 이것을 먹고 문서를 잘 간수하였다가, 요
행히 살아나거든 우리의 원수를 갚게 하여라. 슬프다.
우리도 살아나서 너와 한가지로 다시 만나 살면 천행
이요, 불연이면 한칼에 삼모자가 다 죽을 것이니 조
심하여 잘 있거라.」

하며 슬픈 눈물로 이별할 제, 학공이 모친의 치마를 붙들
고 통곡하며, 모친은 학공의 손을 붙들고 울다가 자주혼
절하니, 그 가련한 경상을 어찌 보리오. 눈물 아니 흘릴
이 없더라.

於斯之間에 밤이 이미 깊어 가니, 할일없어 학공의 손
을 놓고 울며 이별할 제,

「학공아, 학공아, 부디부디 잘 있거라.」

학공이 모친의 羅衫을 붙들고 통곡하며,

「모친은 소자를 예다 두시고 어디로 가려 하시나이까.
모친은 소자의 목숨을 도모하려 하시고 이리 하시오나
모친을 떨어져 일시인들 어찌 견디오며, 잠을 잔들 어
찌 눈을 감사오리까. 인간의 이별이 많사와도 우리 같
은 모자의 이별이 어디 있사오리까.」

이렇듯이 애통하니, 부인이 학공을 달래어 왈,

「우지 말고 잘 있거라. 내 천행으로 살아나면 다시 만

나려니와, 불행하면 다시 만나지 못할 터이니, 너는 부디 신명을 보전하여 天數(천수)를 기다려 원수를 갚게 하라.」
하며 애통하니, 부인의 別子之恨(별자지한)과 학공의 離親之情(이친지정)은 일월이 무광하고 초목이 슬퍼하더라. 明明(명명)하신 天道(천도)가 어찌 至重(지중)한 정세를 모르리오.

이때 부인의 나이는 사십이요, 학공의 나이는 오세요, 미덕의 나이는 삼세라. 학공이 비록 소아이나 人事(인사)를 아는지라.

부인이 하늘께 빌어 왈,
「천지신명과 일월성신은 下瞰(하감)하옵소서. 무죄한 인생이 종의 손에 죽게 되니, 明天(명천)은 살피사 원수를 갚고 김씨의 香火(향화)를 그치지 말게 하옵소서.」

빌기를 다하고 학공과 이별하고 앞을 분간치 못하며 적적한 방에 돌아와 미덕을 안고 상에 의지하여 졸더니, 非夢似夢間(비몽사몽간)에 한 백발 노인이 청려장을 짚고 와 이르되,
「생사가 경각에 있거늘 부인은 무슨 잠을 이리 자느뇨. 미덕을 데리고 바삐 남으로 삼십리만 가면 자연 구할 사람이 있으리라.」
하고, 짚었던 청려장으로 상을 치는 소리에 놀라 깨달으니 남가일몽이라.

일변 몽사를 생각하고 기쁜 마음이 간절하여 유모에게 몽사를 말하니, 유모 여쭈오되,
「밤이 이미 삼경이 되있사온즉 미구에 患(환)을 당할 터이오니, 가다가 죽사와도 어찌 坐而待死(좌이대사)하오리까. 복망, 부인은 바삐 도망하옵소서.」
하니, 부인이 탄식 왈,
「가자 한들 軟娟(연연) 약질이 멀리 못 가서 잡힐 것이요, 또한

학공을 예다 두고 어찌 가리오.」

하시니, 시비 춘심이 여쭈오되,

「소녀의 마음에는 공자를 이미 감추었으니 부인은 이 길로 도망하시면 미구에 저놈들이 와서 부인과 공자가 없으면 도망한 줄 알고 뒤를 따를 것이니, 이때를 타 소비는 공자를 데리고 도망하오면, 혹 환을 면할 듯하오니 부인은 급히 도망하옵소서.」

하니, 부인 왈,

「그 말이 유리하니 부디 학공을 보중하라.」

하고, 시비 옥향과 유모와 미덕을 데리고 문을 나서니, 학공의 형용이 눈앞에 암암하여 한 걸음에 한숨 쉬고 두 걸음에 눈물 지며 남천을 바라고 가더니, 大海를 당하매 흉격이 막혀 통곡 왈,

「뒤에는 날랜 칼이 쫓고 앞에는 대해가 막혔으니 이제는 죽기를 면치 못하겠다.」

하고 슬피 울다가, 한편을 바라보니 동자가 一葉小船을 타고 處士歌를 부르며 지나거늘, 부인이 눈물을 그치고 외쳐 왈,

「海上仙童은 죽게 된 인생을 살리소서.」

동자가 배에 오르기를 청하며 왈,

「어떠한 부인이온데 갈 바를 아지 못하고 해상으로 방황하시나이까.」

부인이 대왈,

「나는 산중에 길을 잃고 다니다가 이곳에 이른즉 海中에 船隻이 없으므로 방황하더니, 마침 선동을 만나 배를 빌렸으니 감사함을 사례하나이다.」

하고, 미덕을 안고 유모와 옥향을 데리고 배에 오르니 빠

르기 살 같더니, 문득 언덕에 대고 내리기를 청하니, 부
인이 내리면서 문왈,

　「선동은 어디 계시며 존호를 뉘라 하시며, 이곳에서 흥
　천부 북면이 얼마나 되나이까.」

　동자가 답왈,

　「그곳이 일천 삼백리이옵거니와, 사해 팔방에 정처없이
　다니는 사람이야 알아 쓸데 없도다.」

하고 문득 간 데 없거늘, 부인이 그제야 전일의 몽사를
생각하고 무수히 사례하고 남으로 가더니, 산 하나를 넘
어가니 산수가 수려하고 琪花瑤草는 난만한데, 層岩絶壁
사이로는 봉황과 공작이 쌍을 지어 왕래하니 짐짓 경개
가 絶勝하거늘, 기갈도 자심하고 발도 아파서 쉬더니, 문
득 한 여승이 앞으로 지나가거늘, 부인이 공손히 문왈,

　「師姑는 어디 계신지 모르거니와, 노상에서 길 잃은 이
　사람을 인도하소서.」

하니, 여승이 답왈,

　「소승은 明月庵에 있는 光善이옵거니와, 부인은 어디
　계시오며, 어디로 가시려 하시나이까.」

　부인이 답왈,

　「정처없이 다니는 걸인이오니, 사고는 慈悲之心을 내리
　사 불쌍한 인생을 구제하옵소서.」

하니, 여승 왈,

　「부인의 말씀을 듣자온즉 너무 가긍하온지라, 소승을
　따라가심이 어떠하니이까.」

하니, 부인 왈,

　「사고는 이같이 愛恤하시니 감사하외다.」

하니, 여승이 부인 일행을 데리고 암자로 들어가니, 이때

는 마침 춘삼월 호시절이라. 기화요초는 만발하여 촌객을 보고 웃는 듯하고, 두견, 접동은 사람의 수심을 보태는 듯한지라. 부인이 학공을 생각하고 체읍하거늘, 여승이 여쭈오되,

「지금은 부인의 액운이 미진하나 필경은 영화부귀를 누리실 것이니 과도히 서러워 마옵소서.」

하고 다과를 내어 주거늘, 받아 마시니 기갈이 가시는지라. 이런고로 일신은 편하나 학공의 사생을 몰라 주야로 모자 상봉하기를 불전에 축원하더라.

이때 종놈들은 일시에 들어가며 방문을 열고 보니, 적적한 빈 방안에 촉등만 명멸하고 인적이 없는지라, 아무리 찾은들 지하에 든 학공을 어찌 찾으며, 천리 밖에 있는 부인을 무슨 수로 찾으리오. 그놈들이 대경하여 하는 말이,

「우리 심회를 미리 알고 벌써 도망하였으니, 可謂 宿虎 衝鼻라. 내 뒤에 무슨 환을 당할지 모르거니와, 집안에 있는 금은보배를 다 탈취하여 가지고 섬중에 들어가 환을 면함이 어떠하뇨.」

하니, 그 중에 한 놈이 出班 奏曰,

「학공을 찾아 죽이지 아니하면 도리어 범을 길러 후환을 취함이니 아무쪼록 찾아 보리라.」

하고 사방으로 찾은들 땅 속에 있는 학공을 무슨 수로 찾으리오. 할 수 없이 세간을 모두 다 수탐하고 사면으로 불을 지르니, 화광이 충천하여 순식간에 집터만 남는지라.

그놈들이 즉시 길을 떠나 수로로 십여 리를 들어가니, 한 섬이 있으니 이름은 桂島라.

自作一村하여 혹 장사도 하며, 혹 興船도 만들어 생애
하기로 가산이 饒富하매 부촌이 되었더라.

이때 春蟾이 동산에 올라 동정을 살피다가 그놈들이 멀
리 감을 보고 급히 내려와 학공을 끌어내어 놓고 급히 떠
남을 재촉하니 학공이 살펴보니 옛집은 다 불질러 터만
남았거늘, 모친과 미덕을 생각하고 눈물이 흘러 앞을 분
간치 못하고, 한 걸음에 두 번씩 넘어지며 춘섬을 따라
정처없이 가다가 한 소로로 들어가니, 청산은 첩첩하고
녹수는 잔잔하고 길은 희미한데, 기갈이 자심하여 석상
에 앉아 울다가 둘러보니, 인가는 없고 길은 끊어지고 층
암절벽은 천만 장이나 높아 있고, 수목은 무성하여 두견
이 슬피 울고, 듣도 보도 못 하던 새와 짐승은 우짖으니,
마음이 비창하여 정신이 혼미한 중 석양은 재를 넘고 東
領에 달은 돋아 만학에 걸려 있고, 또한 산천은 불변한
지라. 학공이 하늘을 우러러 탄식 왈,

「슬프다, 내 팔자야! 가련하다, 내 신세야! 간신히
死地를 벗어나 이곳에 와 또 죽게 되었으니 모친은 어
디 가 계시고 나를 죽을 곳에 두었는고.」

하고 울다가 누웠더니, 흉칙한 짐승이 와서 덮은 것을 헤
치고 달려들려 할 즈음에, 난데없는 老長이 와 그 짐승
꾸짖어 물리치고 학공에게 물어 왈,

「너는 어떠한 사람의 자식인데 이 深山窮谷에 왔는고.」

학공이 답왈,

「소자는 홍천부 북면에서 사옵던 김낭청의 아들이옵더
니, 팔자가 기박하여 早失父母하옵고, 隻身無依하여 정
처없이 다니옵더니, 이곳에 와 하마 죽을 목숨을 천행
으로 노장을 만나 목숨을 살려 주시니, 그 은혜 白骨

114

^{난 망}
難忘이로소이다.」

노장 왈,

「너는 하늘에 매인 명이거든 어찌 나의 힘이라 하리오.」

하고 문득 간 데 없거늘, 학공이 신기하게 여겨 공중을 향하여 무수히 사례하고, 적막한 산중에 날 새기를 기다리더니, 그 짐승이 또 와서 물려 하거늘, 학공이 죽을 힘을 다하여 소리를 지르니, 그 노장이 다시 와서 그 짐승을 물리치고 꾸짖어 왈,

「이 아이는 불쌍할 뿐더러 범인이 아니니 부디 해하지 말라.」

하고, 학공을 데리고 그곳을 떠나 다른 데로 향하여 가더니, 한 곳에 이르니 초가삼간이 있거늘 들어가니 한 노인이 앉았거늘 노인께 뵈오니 노인이 문왈,

「어린 아이는 어디 있관대 이곳을 찾아왔느뇨.」

학공이 공손히 답왈,

「소동은 지향없이 다니옵더니 여러 날 주려 기갈이 자심하오니 일시 요기를 바라나이다.」

노인이 답왈,

「나도 생애가 없어 나물로 조석을 지내노라.」

하고, 요기나 하라 하고 나물을 주거늘, 받아 먹으니 정신이 황홀하여 향취가 진동하거늘, 학공이 문왈,

「무슨 나물이온지 모르겠나이다.」

하니, 노인이 왈,

「이 나물은 다른 것이 아니라 ^{불 로 초}不老草라 하는 것이라.」

하거늘, 학공 왈,

「불로초는 인간에 없는 것이온데 필경 ^{선 경}仙境이로소이다.」

하고 문답하다가, 밤을 지낸 후 또 그 나물을 주거늘 받아 먹고 춘섬을 데리고 떠날새, 노인에게 치하하니 노인 왈,

「더 유하여 가라.」

하거늘, 학공이 시간이 급함을 고한즉, 노인 왈,

「그러면 잘 가라.」

하거늘, 학공이 백배 치사한 후 노인을 이별하고 정처없이 다니며 걸식하더니, 일일은 마음이 비창하여 앙천 통곡하며,

「모친은 어디를 가시고 나의 고생을 모르시나이꼬.」

하며 울다가, 정신이 혼미하여 잠간 졸더니, 비몽사몽간에 한 선비가 의관을 정제하고 학공을 어루만져 왈,

「너는 어떤 아이인데 저다지 우는다.」

학공이 답왈,

「나는 장주 홍천부 북면에서 살던 김낭청의 아들 학공이옵더니, 팔자가 기박하여 부모와 동생을 다 여의옵고
漂泊東西하나이다.」

하니, 선비가 눈물을 흘려 왈,

「네가 저처럼 다니니 배가 오죽 고프리요. 내가 야간의 음식을 가져왔으니 먹으라.」

하고 주거늘, 받아 먹으니 향기가 입에 가득하고 정신이 쇄락하여 평생에 처음 먹는 바이라.

선비 또 이르되,

「네 거주 성명을 바로 이르지 말고 다니라. 만일 발각되면 환을 면치 못할 것이니 부디 조심하라.」

하며 목이 메어 울거늘, 학공이 의아하여 문왈,

「뉘시온데 빌어먹는 사람을 이같이 관대하시나이까.」

선비 왈,

「너는 幽明이 다르기로 아비를 모르느냐.」

하거늘, 학공이 놀라 깨달으니 남가일몽이라. 학공이 탄
식 왈,

「꿈에 먹은 음식인데도 배가 부르니 부친의 혼령이 와
지시하는도다.」

하고 무수히 울다가 날이 밝았으나 갈 바를 몰라 바위
위에 앉았더니, 한 여인이 물을 길으러 왔다가 학공을
보고 문왈,

「너는 어떤 아이인데 수심이 만면하여 앉았느뇨.」

학공이 대답 왈,

「나는 流離丐乞하는 아이로소이다.」

그 여인이 가로되,

「그러하면 내 집에 가 유함이 어떠하냐.」

하니, 학공이 다행히 여겨 춘섬을 데리고 따라가니, 그
여인이 집에 와 지아비를 보고 왈,

「빌어먹는 아이를 데려왔으니 보소서.」

지아비가 학공을 보고 기뻐 왈,

「이 아이 얼굴을 보니 범상한 사람이 아니라 일후에
귀히 되리라.」

하고 성명을 물으니, 학공이 답왈,

「조실부모하고 유리개걸하는 아이옵고 성명은 모르나
이다.」

하니, 그 사람이 재산은 요부하나 한낱 자식이 없어 주
야로 슬퍼하더니, 이 아이를 사랑하여 수양아들로 정하
고자 하더니, 동리 사람들이 다,

「이 아이를 비록 사랑하나 거주 성명을 모르고 어찌

수양아들을 삼으리오.」

하거늘, 그 말이 옳다 하고 수양자로는 정하지 아니하고
불쌍히 여겨 오래 두고 사랑하더라.

이러구러 세월이 여류하여 학공의 나이 십오세가 된지
라. 일일은 미덕과 모친의 원수를 갚을 생각이 불현듯이
나는지라. 즉시 주인에게 일러 왈,

「고향 생각이 간절하와 지금 떠나려 하거니와, 나 같은
인생을 애휼하여 주시니 은덕을 갚을 바를 아지 못하
나이다. 내내 안녕하시기를 바라나이다.」

하고, 춘섬을 데리고 길을 떠나가더니, 한 섬 가운데 들
어가 두루 다니며 빌어먹다가, 한 곳에 興利船(흥리선)이 왕래하
거늘, 그 배에 오르니 한 노인이 있다가 학공을 보고 왈,

「너는 어떠한 아이인데 남의 배에 임의로 오르느뇨.」

학공이 답왈,

「나는 정처없이 다니는 아이옵더니 배를 구경코자 하
여 들어왔나이다.」

노인이 다시 문왈,

「네 성명은 무엇인고.」

학공이 답왈,

「조실부모하고 浮雲(부운)같이 다니는 아이가 어찌 성명을 아
오리까.」

노인 왈,

「그러하면 우리 배에 따라다니며 조석이나 하여 주면
어떠하뇨.」

하거늘, 학공이 따라다니며 또 한 섬에 이르니 인간이
즐비하거늘, 그곳에 배를 대고 선인을 따라 두루 다니며
구경하더라.

118

그 동리에 金同知(김동지)라 하는 사람이 있으되, 가산이 요부하기로는 그 동네에서는 으뜸일러라. 김동지가 학공을 보고 거주 성명과 나이를 물으니, 학공 왈,

「漂泊西南(표박서남)하는 아이가 어찌 거주 성명을 알리오.」

동지 왈,

「네 거동을 보니 천한 사람의 자식은 아니라.」

칭찬하고 문왈,

「네 거주는 모르나 성명조차 모르느냐.」

학공이 답왈,

「동리 사람들이 부르기를 벼란이라 하옵더이다.」

동지 왈,

「네 그러면 내 집에 있어 사환이나 하여 주면 어떠하뇨.」

벼란이 답왈,

「그리 하오리다.」

하고 동지를 따라가니라. 동지가 한미에게 왈,

「내 이 아이를 데려왔으니 자세히 보라.」

하거늘, 한미 대로 왈,

「빌어먹는 아이를 어찌 집에다 두리오.」

하거늘, 동지가 한미를 꾸짖어 왈,

「이 아이가 장래 귀히 되리라. 집에 두고 사환을 시키는 것이 어떠하뇨.」

하고 두니라.

하루는 나무를 하리라 하고 낫을 허리에 자고 탄하는 말이,

「이내 팔자 어이하여 이러한고.」

하며 무수히 울다가, 나무를 하여 가지고 오니 한미의 박대가 자심한지라.

하루는 산에 오르니 홀연 마음이 슬퍼 탄식 왈,
　「모친은 나를 예다 두고 어디 가 계시나이까. 비록 고
　혼이라도 살피소서. 부모 동생의 원수를 쉬 갚게 하옵
　소서. 슬프다, 내 팔자야! 明天(명천)은 굽어 살피소서. 어
　느 날이나 원수를 갚을꼬.」
하며 슬피 우니, 초목과 금수가 다 슬퍼하는 듯하더라.
　겨우 나무를 하여 가지고 돌아오니, 한미 내달아 구박
하여 왈,
　「여보소, 동리 사람들아! 이 아이 거동을 보소. 이것
　을 어찌 집에다 두고 보리오.」
하고 구박이 자심하거늘, 동지가 민망하여 학공을 불러
왈,
　「내 너를 집에 두고 사랑하여 재미를 보려 하였더니
　한미의 박대가 이 같으니, 내 學堂(학당)을 얻어 줄 것이니 학
　업에 힘쓰라.」
하니, 학공이 답왈,
　「오죽 좋사오리이까.」
　동지가 벼란을 서당에 보내고 한 달에 백미 열 말씩
주고 공부를 힘써 시키더니, 학공이 聞一知十(문일지십)하여 문필
을 달통할 뿐더러 자연 貴子(귀자) 되었는지라.
　이때 춘섬이 공자를 서당에 보낸 후 수년이 되도록 소
식을 몰라 주야로 체읍하더니, 이때 춘섬의 용모가 고움
을 보고 한미가 저의 사촌 오라비에게 말하여 왈,
　「내 집에 있는 여자가 비록 근본은 모르나, 인물과 女(여)
　工(공)이 비범하니 취실함이 어떠하뇨.」
하니, 그 사람의 이름은 趙平(조평)이니, 일찍 鰥居(환거)하여 娶妻(취처)
를 구하더니, 마침 이 말을 듣고 기뻐 허락하거늘, 한미

가 춘섬을 불러 왈,

「네 방년 이십에 室家之樂이 없으니 어찌 불쌍치 아니하리오. 초목 금수도 모두 다 짝이 있어 즐기는데, 너는 사람으로 세상의 재미를 모르니, 그 정상이 가련하기로 내가 착실한 사람을 구하였으니, 二姓之親을 이루어 좋은 때를 잃지 말라.」

하거늘, 춘섬이 斂容 대왈,

「名敎 지극히 감사하거니와, 혼인은 人倫大事라 하오니 어찌 경솔히 하오리이까.」

한미가 꾸짖어 왈,

「네가 내 집에 있어 殘命을 보전하였거늘, 내 말을 어기니 어찌 분치 아니하리오. 응당 내칠 것이 인정상 그러지 못하여 참는 것이니 바삐 허락하라.」

하거늘, 춘섬이 마지 못하여 허락한 후 내심에 생각하되, 주인 상전의 원수를 갚지 못하고 남에게 許身하니 십년 경영이 일조에 무너진지라.

조평이 춘섬을 취하여 마음에 좋아하나, 춘섬은 금슬이 不好하여 路上人과 다름이 없더라.

일일은 동지가 서당에 가 벼란의 용모를 보니, 얼굴이 관옥 같고 문필이 絶等하여 짐짓 일개 영웅 군자라. 내심으로 기뻐하며 집에 돌아와 한미에게 왈,

「서당에 가서 벼란을 보니 문필이 顯達하고 얼굴이 風揚하니 어찌 기쁘지 아니하리오. 노로 데려나가 잘 기르면 후일에 영화를 보리라.」

하니, 한미 허락하거늘, 학공을 즉시 데려오니, 한미가 보니 과연 그러한지라 기특히 여기더라.

일찌기 동지가 무남독녀를 두었으니 이름은 別仙이라.

용모와 재질이 비범하므로 널리 佳郎을 구하더니, 일일은 동지가 벼란을 별선의 배필로 정하고자 하여 한미에게 이 말을 하니, 한미 대왈,

　「벼란이 비록 비범 민첩하나 지체 없는 사람이라, 어찌 사위를 삼으리오.」

　동지가 웃어 왈,

　「어찌 이같이 무식하뇨. 王侯將相이 어찌 씨가 있으리오. 잔말 말라.」

하고 즉시 택일하니, 정히 춘삼월 망간이라.

　길일을 당하매 비단 吉服을 정제하고 배석에 다다르니, 신랑의 늠름한 풍채와 신부의 요요한 태도는 짐짓 일쌍 佳耦라. 양인이 交拜大禮하니 窈窕淑女는 君子好逑로다. 좌중 빈객이 모두 칭찬 아니 할 이 없더라.

　잔치를 파하고 밤을 지낼새, 양인의 繾綣之情은 원앙이 녹수를 만남 같고 翡翠連理에 깃들임 같더라.

　동지가 기뻐하여 별선을 불러 문왈,

　「너의 배필이 어떠하뇨.」

하니, 별선이 대왈,

　「나 같은 몸이 너무 과만하더이다.」

　이때 학공이 모친 슬하를 떠난 지 이미 십여 년이라. 노비 전답 문서를 매양 의복 속에 넣어 남이 몰라보게 하였더니, 그 문서를 신부가 알까 염려하여 그윽한 곳에 감추고 종종 가 보더니, 동지가 마침 그것을 보고 왈,

　「거기다 무엇을 두고 저리 자주 보는고.」

하고 즉시 가 보니 전대에 휴지 뭉텅이가 있거늘, 가지고 저의 방에 들어가 떼어 보니 하였으되, 「강주 홍천부 북면에 사는 김낭청의 아들 학공」이라 하였거늘, 동지가 대경

하여 이르되,

「전일에 들으니 김낭청 댁 종들이 낭청이 棄世^{기세}한 후 主^주

張無人^{장 무 인}함을 보고 賊心^{적 심}을 발하여 여러 놈들이 그 집을 탈

취하여 가지고 와서 사는지라. 주야로 들으니 그놈들

이 말하기를 그 아들 학공을 잡아 죽여 후환을 없이하

자 하는 말을 들었더니 이리 될 줄 어찌 뜻하였으리오.」

하고 살펴보니, 또 한 봉이 있거늘 자세히 보니 하나는 노

비 전답 문서라. 동지가 대경하여 별선을 불러 왈,

「너희 둘을 보지 못하면 눈에 암암하여지더니, 이런 참

혹한 일이 어디 있으리오.」

하며 전후곡절을 낱낱이 말하니, 별선이 듣고 大驚且愕^{대 경 차 악}하

여 落淚^{낙 루} 왈,

「이 말이 만일 누설되면 낭군은 死亡之患^{사 망 지 환}을 당할지라,

이 일을 어찌하면 좋으리이까. 부친은 이 말을 경솔히

누설치 마옵소서.」

하더라.

이때 학공의 나이는 십팔세요, 별선의 나이는 십륙세

라. 부부가 흥락하여 주야로 즐겨하더니, 일일은 별선이

낭군께 문왈,

「낭군은 본디 어디서 살아 계시며 부형은 뉘라 하시나

이까.」

학공이 대왈,

「조실부모한고로 아지 못하노라.」

하니, 별선이 또 문왈,

「낭군이 홍천 북면촌에 사시던 김낭청의 자제가 아니나

이까.」

학공이 변색 대왈,

「이 말이 어인 말인고.」

하니, 별선이 대왈,

「첩에게 隱諱치 마옵소서.」

하고, 저의 부친이 하시던 말씀을 자세히 말할 즈음에, 그 모 홍씨가 딸의 방으로 놀러오다가 창 밖에서 들으니 여차여차하거늘, 이 말을 듣고 놀라 天方地方 달려와 호흡을 통치 못하다가 동지에게 왈,

「여아의 방에 갔다가 들으니 저의 내외 하는 말이 사위가 홍천부 북면에서 살던 김낭청의 아들이라 하니 매우 수상하더이다.」

동지가 크게 꾸짖어 왈,

「어디서 부당한 말을 잘못 듣고 옮기는다.」

하고, 별선을 불러 왈,

「너의 모친이 마침 네 방에 갔다가 너희들이 여차여차하는 말을 듣고 와서 나에게 이르니 어찌된 말이냐.」

하거늘, 별선이 듣고 망극하여 왈,

「저희의 목숨은 부모님께 달렸사오니 불초한 자식을 보아 각별 조심하여 주옵소서.」

하거늘, 학공이 이 말을 듣고 또 들어와 伏地 왈,

「복망 빙부께옵서는 널리 생각하사 이 말을 누설치 마옵소서. 만일 이 말이 누설되오면 불쌍한 인생이 살기 어렵사오니 깊이 통촉하옵소서.」

하니, 동지가 학공의 손을 잡고 왈,

「장부가 아니로다. 어찌 대장부가 이만한 일을 두려워하리오.」

하며,

「내 어찌 이 말을 누설하리오. 조금도 염려치 말라.」

하니, 학공이 수심을 덜고 방으로 돌아오니라.

수삼삭이 되도록 아무 일이 없더니, 하루는 한미가 술을 대취하게 먹고 저의 동류에게 이 말을 하였더니, 차차 옮기어 한 사람이 알고 두 사람이 알아 촌중에 자자하여, 의논이 분분하여 죽일 묘책을 의논하니 학공이 어찌 살기를 바라리오.

일일은 동리 사람들이 동지를 청하여 왈,

「근일에 괴이한 말이 들리기로 그대를 청하였은즉 바른 대로 말하라. 만일 속이는 폐가 있으면 대환을 당하리라.」

하니, 동지가 감히 이 말을 듣고 속이기 어려워 바른 대로 말을 하였더니, 그 동중에서 학공을 죽이자 하고 통문을 집마다 돌렸더라.

동지가 이 말을 듣고 어찌할 수 없어 별선을 불러 왈,

「동중이 여차여차하니 이 일을 장차 어찌하면 좋으리오.」

하니, 별선이 이 말을 듣고 대경실색 왈,

「망극할사, 이런 일이야! 불쌍할사 우리 낭군의 일을 어찌하리오.」

하거늘, 동지 왈,

「이 일은 속절없이 죽게 되었으니 슬프고 가련하다. 가엾을사, 우리 사위, 죽는 모양 어찌 볼꼬.」

하고 비창히 지내더니, 별선이 낭군을 보는 때에는 좋은 체하나 눈물로 지내며 머리를 싸고 칭병하고 누웠거늘, 학공은 그런 줄 전혀 모르고 별선이 병든 줄만 알고 걱정으로 지내며 죽을 날이 가까와 오는 줄 모르더라.

일일은 동리 사람들이 주육을 갖추고 잔치를 배설한다 하거늘, 별선이 낭군을 청할 줄 알고 낭군에게 왈,

「오늘 분명코 동네에서 낭군을 청할 것이니 부디 조심
  하여 다녀오되, 술을 주거든 작은 잔으로 먹고 오소서.」
하더라.

  과연 동중에서 청하거늘 학공이 의관을 정제하고 들어
가니 촌중 사람들이 차례로 앉았거늘, 학공이 좌중에 뵈
온 후 말석에 앉으니, 이때 별선이 낭군을 보내고 통곡 왈,

  「참혹하고 가련한 인생이 속절없이 죽게 되었도다. 유유
  창천은 굽어 살피소서. 잔잉한 인명을 하느님께 비나이
  다.」
하며, 제 모친을 원망하는 말이,

  「소견없는 우리 모친, 무슨 말을 못 참던고. 야속할사
  어머니와 불쌍할사 우리 낭군.」
하고, 일성 장탄에 통곡으로 지내더라.

  이때 동리서 큰 잔으로 술을 부어 학공에게 주거늘, 학
공 왈,

  「술이 길지 못하오니 작은 잔으로 주옵소서.」
하고, 작은 잔을 들어 삼배를 먹은 후에, 안주를 창 끝에
끼어 주거늘, 학공이 탄왈,

  「強弱이 不同이라.」
하고, 할 수 없이 받아 먹으니, 잔치를 파하고 상좌에서
학공을 잡아 내라 하거늘, 그 중에 한 사람이 이르되,

  「사람을 어찌 임의로 죽이리오. 독 속에 든 쥐니 택일하
  여 죽이자.」
하니, 모든 사람이 그리 하자 하고 헤어지더라.

  학공이 뜻밖에 이 말을 들으매 落膽喪魂하여 혼백이 흩
어지는지라. 집으로 돌아오니 별선이 학공의 손을 잡고
왈,

「오늘 잔치에서 무엇이라 하더니이까.」

학공이 낙루하며 하는 말이,

「나를 죽이자 하니 이 어인 말인고. 그대가 이른 대로 작은 잔으로 들어 술을 삼배만 먹었노라.」

하니, 별선이 길이 숨쉬고 눈물이 비 오듯 하며 말을 못하다가, 겨우 정신을 차려 왈,

「금야 축시에 낭군을 죽이자 하고 잔치를 배설하였나이다.」

하니, 학공이 이 말을 듣고 놀라 기절하였다가, 반향 만에 인사를 차리며 왈,

「이제는 내 목숨이 함정에 든 범이요, 독에 든 쥐라. 모친과 동생의 원수를 갚지 못하고 속절없이 죽었도다.」

하고, 呼天告地 통곡하니, 별선이 낭군의 손을 잡고 낙루왈,

「천하가 넓다 하여도 이제 보건대 좁기도 하도다. 조그만 낭군의 일신을 감출 곳이 없으니 답답하고 가련하도다. 내 벌써 이 말을 하고자 하나 잔잉한 거동과 개탄하는 양을 차마 보지 못할 뿐더러, 또한 자결할까 하여 至于今 말을 못하였거니와, 이제 낭군이 죽으면 나도 한가지로 죽을 수밖에는 할 수 없도다.」

하며,

「불쌍토다, 우리 낭군! 가련하다, 나의 일이. 답답하고 가련한 이 설움을 어찌하면 좋단 말인가. 이제 가면 어느 때 다시 올까. 草露 같은 인생이 浮雲같이 스러지니 어느 때 다시 볼까. 명년 춘삼월이 돌아오면 꽃은 다시 보려니와, 불쌍한 우리 님은 오늘 밤에 죽게 되면 황천에서나 다시 만나 볼까. 서산에 지는 해는 명일이면 보려마

는 답답하고 원통하도다. 오늘 밤이 망종일세. 설운지
고, 아깝도다! 서산에 일모하니 동령에 돋는 달은 동
창에 비치었다. 어리운 듯 밤이 되매 이제는 할 수 없이
죽겠구나.」
하며 한탄으로 지내노라니, 학공이 울며 하는 말이,
「明明하신 하느님은 굽어 살피소서. 가련하온 학공이 오
늘 밤에 종의 손에 죽삽나이다. 이같이 죽사온들 뉘라
서 불쌍타 하오리이까.」
하며 애통하니, 별선이 학공의 손을 잡고 왈,
「낭군은 너무 서러워 마옵소서. 어머님도 야속하고 야
속하지, 그 말을 못 참아서 이 지경이 되었는가. 전생 차
생 무슨 죄로 우리 둘이 만났는고. 임 없으면 나 못 살고
나 없으면 임 못 살지. 임 죽사오면 내가 어찌 살까.」
하며 서로 붙들고 슬피 우니, 눈물이 비 오듯 하는지라. 별
선의 자탄하는 말이,
「무슨 일로 우리 양인이 연분을 맺어 나만 믿고 있다가
이 지경이 되었는가. 오늘 밤에 죽는 것이 모두 다 내 탓
이라. 오직 내 몸으로 바꾸어 죽을 것이오니, 낭군은 조
금도 염려 마옵소서.」
하거늘, 학공이 하는 말이,
「죽음도 몫몫이라. 바꾼단 말이 무슨 말인고.」
별선이 하는 말이,
「내 말을 자세히 들으시옵소서. 만일 낭군이 죽사오면
부모의 원수를 뉘라서 갚사오리까. 이 몸으로 대신하여
도 어두운 밤에 어찌 알리이까. 알 리가 없을 것이니 낭
군은 의복을 바꾸어 입고, 낭군이 누웠던 자리에는 첩
이 눕고, 첩이 누웠던 자리에는 낭군이 누워 있사오면,

침침하온 夜三更에 뉘라서 분별하리오. 낭군은 상투를 풀어 댕기를 드리고, 첩은 머리를 풀어 상투를 하오면, 저놈들이 어두운 밤에 상투를 잡아낼 것이니, 낭군은 봇짐을 끼고 머리를 산발하고, 먼 발치로 따라오며 女聲으로 울면서 물가에 섰으면, 그놈들이 첩의 신체를 물에 넣고 갈 것이니, 물가에 앉아 슬피 울면, 물 지키는 江員이 배를 타고 올 것이니, 외쳐 이르되,「나는 육지에서 이 섬 중으로 시집온 지 삼년 만에 부친의 부음을 만나 가다가 배가 없어 못 가오니, 강원님 덕택으로 물을 건네 주시면 죽은 부친의 얼굴을 다시 뵙겠삽나이다.」하며 애걸하면 물을 건네 줄 것이니, 육지에 나가거든 공부를 힘써 하여 아무쪼록 立身揚名하여 부모의 원수를 갚사옵고, 첩의 원수도 갚아 주시옵소서.」

하고 슬피 울거늘,

「아무리 그러한들 내 몸을 위하여 그대를 죽이고 내 혼자 살아 무엇에 쓰리오. 하늘이 망하게 하옵시니 내가 죽는 것이 마땅하다.」

하니, 별선이 하는 말이,

「이 몸은 여자라 쓸데 없사온즉 죽사온들 관계할 바 없사오나, 낭군은 千金貴體를 아무쪼록 보존하와 원수를 갚으시옵소서. 첩의 죽은 고혼이라도 부디 잊지 마옵소서.」

하며 눈물을 흘리거늘, 학공이 별선의 우는 양을 보고 목이 메어 말을 못하다가, 이윽고 진정하여 왈,

「천행으로 살아난들 그대를 죽이고 내 어찌 살리오. 차라리 한가지로 죽는 것이 마땅하다.」

하고 서로 붙들고 애통하니, 그 경상은 차마 보지 못할러

라.

별선이 대왈,

「낭군은 너무 서러워 마옵시고 바삐 길을 행하옵소서.」
할 즈음에, 遠村에 鷄鳴聲이 들리거늘, 피차에 의복을 바
꿔 입고 앉으락 누우락 坐不安席하니, 그 경상을 어찌 다
기록하리오.

별선이 왈,

「이것이 꿈인지 생시인지 眞假를 알 수 없도다. 낭군은
  천행으로 살아나시거든 미천한 첩을 생각하여 주시옵소
  서.」

하며,

「이 설움을 뉘게 다 말할꼬.」

하며 울기를 마지 아니하다가 문을 열고 내다보니, 야색
이 蒼茫하여 遠處가 희미하고, 월색은 명랑하여 서산에
가까왔고, 은하수 구비는 중천에 비꼈는데, 蒼天에 외기
러기 짝을 불러 슬피 울고, 남산에 뿌리출이 鶬鶊인들 빛
이 날까.
  華燭洞房에 마주 앉아 때를 기다리더니, 어느 덧 축시가
되니, 학공은 여복을 입고 南斗星을 향하여 누웠고, 별선
은 남복을 입고 북두성을 향하여 누웠더니, 이놈들이 일시
에 창검을 들고 들어와 살펴보니 각각 누웠거늘, 어루만져
상투를 잡아 끌어 내니, 별선이 잡혀 나가는지라. 한 놈이
달려들어 칼로 지르거늘, 별선이 女聲이 날까 하여 緘口不
言하고 죽는지라.

  그놈들이 죽은 신체를 폭포수 흐르는 물에 던지고 가거
늘, 학공이 머리를 풀어 산발하고 멀리 따라 여성으로 울
고 가니, 그놈들이 하는 말이,

「너는 양반 서방을 좋아하여 그리 슬피 우느냐.」

하며 마저 죽이자 하거늘, 그 중에 한 놈이 말하여 왈,

　「별선이야 살린들 어떠하랴. 저의 금슬이 중하여 우는
것이니 도리어 불쌍하다. 저야 죽든지 살든지　저 가는
대로 버려 두라.」

하거늘, 학공이 별선을 생각하여 무수히 통곡하고 강변을
바라고 행하더니, 一葉小船이 떠오거늘, 더욱 슬피우니,
사공이 외쳐 왈,

　「저 강변에 앉아 우는 여인은 무슨 연고로 저다지 슬피
우느뇨.」

　학공이 대왈,

　「나는 육지에서 이 섬 중으로 시집을 왔더니,부친 죽은
부음이 온 지 삼일이 되도록 배가 없어 건너가지 못하옵
더니, 마침 강원님을 만났사온즉 강원님은　배로　건네
주옵시면 죽은 부친 얼굴을 다시 보겠나이다.」

하며 애걸하니, 강원 왈,

　「그대는 육지에서 시집 왔으면 남편도 없느뇨.」

　학공이 답왈,

　「낭군은 興利차로 江船 간 지 오래되 오지 아니하매 저
와 같이 오지 못하였나이다.」

하며 애걸하니, 강원이 그리 알고 배에 오르라 하니 학공
이 반기며 봇짐을 가지고 배에 오르니, 난데없는 동풍이
대작하여 배의 빠르기가 살 같더라.

　이때 별선 어미가 딸 또한 한가지로 죽을까 하여　급히
좇아나와 본즉 간 곳이 없는지라, 물에 빠져 죽었나 하여
물가에 나가 별선을 찾은들, 죽여 물에 넣은 별선이가 종
적이 있으리오. 한미가 강변에 앉아 땅을 두드려 일성 통

곡하며 이르는 말이,

「잔잉한 인생이야. 무남독녀 내 딸이 내외가 한가지로 죽었도다. 슬프다, 몹쓸 인생. 구차히 살았다가 이런 말을 누설하여 아까운 인생 죽였으니 이내 몸이 살아 무엇할꼬. 슬프다, 내 팔자야. 누구를 한탄하리오.」

하고 울다가, 마지 못하여 집으로 들어가니 동지 또한 한미를 원망하며 실성 체읍으로 세월을 허송하더라.

이때 학공은 순풍을 만나 육지에 다다르니, 강원이 일러 왈,

「그대는 어서 亡父의 얼굴을 다시 보라.」

하니, 학공이 배에서 내려 강원에게 치사하여 왈,

「강원님 덕택으로 망부의 얼굴을 다시 보게 되오니 너무 감축하외다.」

하고,

「이제 육지에 나왔으니 의복을 갈아입고 가리라.」

하고, 봇짐을 펼쳐 놓고 보니, 의복과 八珍味를 많이 싸고, 또한 一封書를 넣었거늘, 즉시 뜯어 보니 하였으되,

「슬프다. 父生母育한 은혜가 如山如海 지음이요, 夫唱婦隨하니 三從之禮를 이뤘더니 조물이 시기하고 귀신이 作戲하여, 어제에 핀 꽃이 우연히 풍우를 만나도다. 오복에 으뜸은 壽라 하였거늘, 못 되어도 이생밖에 또 있는고. 홍안 청춘에 무슨 죄로 이 세상을 이별하여 단불에 나비 몸이 되었는고. 우리 둘이 인연 맺어 琴瑟之樂으로 지내다가, 원앙이 완전치 못하여 新情이 未洽하며 꿈결같이 永別하니, 죽은 넋이라도 눈물 겨워 어이할지. 이별이 많다한들 우리 이별같이 슬플소냐. 꿈일런가 생시일런가. 三春에 놀던 蜂蝶 광풍에 흩어졌도다.

132

어여쁜 나비가 꽃을 잃고 갈 곳이 전혀 없다. 고서에 일렀으되 고진감래와 흥진비래라 하였으니 천지도 循環이요, 일월도 盈仄이라. 千金一身이 아무쪼록 귀히 되어 원수를 갚은 후에 첩의 고혼을 잊지 마옵소서. 첩은 죽은 고혼일지라도 낭군을 위하여 후세에 다시 만남을 바라나이다. 슬프다, 낭군은 혈혈 단신이 어디 가 의탁하오며, 첩의 미미한 고혼은 뉘게 가 의지하오리까. 腹中의 슬픈 소원을 어찌 다 측량하오리까. 하올 말씀은 如山若海오나 지필을 대하오매 정신이 아득하고 눈물이 앞을 가려 이만 대강 기록하여 아뢰오니 부디 평안히 가옵소서. 첩은 이 길로 망종 하직하나이다.」

하였더라.

학공이 편지를 다 보매 정신이 아득하여 눈물이 비 오듯 하는지라. 한 손은 편지를 들고 한 손은 땅을 치며 통곡하니, 산천초목이 다 슬퍼하는 듯하더라.

겨우 울음을 그치고 하는 말이,

「비록 죽은 고혼이라도 나를 위하여 주리라 하였으니, 철석 같은 간장이라도 아니 울고 어이하리.」

무수히 탄식하다가 고향에나 가 보리라 하고 길을 떠난지라.

각설, 춘섬이 조평을 따라가서 일신은 의탁하였으나 공자의 소식을 몰라 주야로 成火成病이 되어 세상을 버리게 되었더니, 일일은 혼잣말로,

「이 몸이 죽어 모르는 것이 옳다.」

하고 자결코자 하다가, 다시금 생각하고,

「당초에 부인이 공자를 내게다 부탁하였은즉, 공자의 거처를 알지 못하고 내가 먼저 죽으면 부인의 부탁을 저

버리는 것이요, 살자 한들 갈수록 고생이니 이를 장차
어찌하리오.」

하다가, 하는 말이,

「내가 가서 공자를 보고 죽는 것이 옳다.」

하고, 일일은 조평에게 하는 말이,

「내가 공자를 이별한 지가 이미 수년이라. 사생간 소식
을 몰라 답답하기 측량없으니, 내가 가서 소식을 탐지
하고 오겠노라.」

하니, 조평이 마지 못하여 보내거늘, 춘섬이 김동지의 집
에 가 소식을 탐지하니, 공자는 이미 죽었는지라. 이 말을
들으매 가슴이 서늘하여 흉격이 막혀 말을 못하다가, 겨우
정신을 차려 세상을 버리고자 하다가, 다시 생각한즉,

「공자는 이미 죽었거니와, 十生九死하여 부인을 다시
뵈옵고, 이 말씀을 드리고 죽는 것이 옳다.」

하고 그 길로 바로 지향없이 가더니, 한 곳에 다다르니
산수가 수려하고 경개 절승한지라, 경개를 탐하여 점점 들
어가니, 雲山은 첩첩한지라. 한 곳으로 들어가니 풍경 소
리 은은히 들리거늘, 그 소리를 좇아 들어가니 한 암자가
있거늘, 나아가 보며 주저하더니, 한 여승이 나와 보고 문
왈,

「어디 계신 부인이온데 이 같은 심산궁곡을 찾아왔나이
까.」

춘섬이 대왈,

「나는 지향없는 사람이더니, 우연히 길을 잃고 이곳에
왔사오니 하룻밤 지내고 가기를 청하노라.」

하니 여승이 허락하거늘, 춘섬이 여승을 따라 좌중에 배
례하고 앉았더니, 이윽고 석반을 주거늘 받아 먹은 후에

제승과 담화를 하더니, 그 중 한 부인이 춘섬을 보고 슬픈
빛이 은은하거늘, 춘섬이 그 부인을 자세히 본즉 안면이
依稀^{의회}한지라. 마음이 또한 비창하여 낙루하니, 부인이 이
거동을 보고 왈,

　「어디 있는　사람이온데 소매 평생지인을 보고 이같이
　슬퍼함은 무슨 일인고.」
　춘섬이 斂容^{염용} 대왈,

　「소녀는 조실부모하와 거주 성명은 모르옵거니와, 부인
　을 한번도 뵈온 때는 없사오나, 존안을 뵈오니 자연 마
　음이 감동하여 눈물이 흐르는 것을 깨닫지 못하였사오
　니, 罪悚萬萬^{죄송만만}이로소이다.」

부인이 그제야 자세히 보니 음성과 모양이 춘섬과 방불
한지라. 다시 문왈,

　「세상에 사람 되고 거주 성명을 어찌 모르리오. 자세히
　바른 대로 말하라.」

하니, 춘섬이 부인의 간곡히 물으심을 대접하여 다시 일
어나 절하고 여쭈오되,

　「소녀는 본디 강주 홍천부 북면에서 살던 사람으로, 일
　찌기 부모를 여의고 일가 친척이 없사옵기로 표박동서
　하여 流離丐乞^{유리개걸}하는 사람인고로 성명은 아지 못하나이
　다.」

하거늘, 부인이 북면 사람이라는 말을 듣고 마음이 더욱
비창하여 정신이 산란하여 말을 잘 못 하다가, 겨우 진정하
여 다시 물어 왈,

　「그대가 북면 사람이라 하니 김낭청 댁을 아느냐.」
하니, 춘섬이 대왈,

　「알지는 못하거니와 그 댁을 어찌 자세히 아시나이까.」

하며 비감한 눈물이 비 오듯 하거늘, 부인이 춘섬의 하는 양을 보고 의아하여 춘섬을 데리고 조용한 곳에 가 물어 왈,

　「나는 다른 사람이 아니라 김낭청 댁 부인 최씨니, 속이 지 말고 바른 대로 말하라.」

하니, 춘섬이 그제야 부인인 줄 알고 부복 통곡 왈,

　「부인은 소비 춘섬을 모르시나이까.」

하니, 부인이 춘섬의 손을 잡고 울다가 자주 기절하거늘, 춘섬이 구호하여 겨우 정신을 차려 왈,

　「이것이 꿈이냐, 생시냐. 학공은 어디 두고 너 혼자 왔느 뇨.」

하며 방성통곡하거늘, 춘섬이 전후 수말을 낱낱이 고하며 눈물을 흘리거늘, 부인이 이 말을 들으매 더욱 기절하여 통곡 왈,

　「내가 이 심산궁곡에 와 고초를 겪는 것은 학공을 위함 이러니, 이제 학공이 죽었다 하니 누구를 바라고 살리 오.」

하며 깁수건으로 목을 매고 자결하고자 하거늘, 춘섬이 애 걸 왈,

　「도시 天定(천정)이니 과도히 슬퍼 마옵시고 귀체를 보중하옵 소서.」

하니, 부인이 정신을 수습하여 무정한 세월을 눈물로 허 송하나, 학공을 생각하면 간담이 썩는 듯 生不如死(생불여사)로 지 내더라.

　이때 학공이 여러 날 만에 고향에 다다르니 산천은 의구 하나 살던 집터는 쑥밭이 되었는지라. 부친 산소에 올라 가니 초목은 우거지고 墳上(분상)은 頹落(퇴락)하였으니 어찌 슬프지

아니하리오. 분상을 붙들고 대성 통곡하는 말이,

　「부친은 산소라도 영천이나, 모친과 동생은 종적이 없
　　사오니 어찌 원통하지 아니하리오.」

하며 무수히 통곡하다가, 산소에 하직하고 경성으로 향하
여 길을 떠나가나, 어느 친척이 있어 爲待할 이 뉘 있으리
오.

　정처없이 가다가 한 곳에 다다르니, 인가가 櫛比하고 朱
欄華閣이 있거늘 그 집에 대하여 물은즉, 靑州 黃丞相 댁
이라 하거늘, 문 밖에 가 배회하다가 글 한 귀를 지어 문
위에 붙이고, 저자 거리에 가서 주점을 찾아 요기코자 하
여 가더라.

　마침 황승상이 竹杖芒鞋로 문 밖에 나왔다가, 문 위에 붙
인 글을 보고 놀래어 왈,

　「이 글을 누가 지었는지 上體가 비상한 사람이로다.」

하고 하인을 불러 물으니 하인이 답왈,

　「아까 어떤 소년 서생이 문전에 배회하다가 이 글을 쓰
　　고 가옵더이다.」

하거늘, 승상이 하인에게 그 사람을 찾아오라 분부하니,
하인이 즉시 가서 두루 다녀 저자 거리에 다다르니 과연
그 사람이 있거늘, 하인이 학공에게 왈,

　「우리 승상께옵서 불러 계시오니 가사이다.」

하거늘, 학공이,

　「승상이 뉘신지 아지 못하거니와 무슨 일로 부르시던고.」

하니, 하인이 답왈,

　「가시면 자연 아시리이다.」

하거늘, 학공이 하인을 따라가 승상께 뵈오니, 승상이 문
왈,

「이 글을 누가 지었는고.」

학공이 답왈,

「소생이 지었거니와 문 위에 글을 썼사오니 죄송만만이
외다.」

승상이 학공의 손을 잡고 왈,

「뉘 집 자손이며 성명은 무엇이며 나이는 얼마나 되었
느뇨.」

학공이 대왈,

「소생은 강주 홍천부 북면에 살던 김낭청의 아들 학공
이옵고 나이는 십팔세오나, 팔자가 기박하여 조실부모
하옵고 隻身이 無依하와 유리걸식하옵나이다.」

승상이 대경 왈,

「이 어인 말인고. 김낭청은 나와 竹馬故友라. 한날 한시
에 난 동갑이요, 또한 同榜及第하여 그대 부친은 내
직으로 계시고, 나는 외직으로 있어 지내나, 나이 사십
에 일점 혈육이 없어서 조석으로 서러워하더니, 그대 부
친은 벼슬을 하직하고 고향에 간 지 이미 이십년에 한
번 다시 만나 봄을 바라더니, 벌써 황천객이 되었도다.
그 말을 들으니 비창하기 그지없거니와, 그대 같은 영걸
의 아들을 두었으니 너무도 감축하나, 나는 至于今 슬
하가 적막하여 주야로 슬퍼하노라.」

하거늘, 학공이 다시 일어나 절하여 왈,

「선친의 붕우라 하시니 선친을 뵈온 듯 기쁘기 측량없
도소이다.」

승상이 내당에 들어가 부인께 이 말을 자세히 이르고 수
양자로 정하자 하거늘, 승상부인이 답왈,

「승상 마음에 합당하시거든 그리 하옵소서.」

승상이 즉시 친척과 붕우를 청하고 문구를 써 수양자를 정할새, 잔치를 배설하더라. 승상의 여러 친구들이 학공을 보고 칭찬 않을 이 없더라.

이날부터 학공이 학업을 힘써 하매, 聞一知十하여 문필이 大發하매 필법은 귀신을 놀래고 문장은 杜牧*을 압도하니, 문명이 조야에 진동하더라.

이때 林監司라 하는 재상이 있으되, 가산이 요부하고 무남독녀를 두었으니, 인물과 재질을 겸비하여 隣里 사람들이 칭찬 아니할 이 없더라. 임감사가 賢婿를 구하더니, 학공을 보매 마음에 기뻐하고 가니라.

승상이 임감사에게 매파를 보내고 청혼하매, 임감사가 기뻐 허락하는지라.

승상이 즉시 길일을 택하니 정히 춘삼월 망간이라. 학공이 별선을 생각하고 승상에게 여쭈오되,

「소자가 일찍 취처를 하였삽다가 상처하온 후에는 취실하올 마음이 없사오니 어찌 하올는지요.」

하거늘, 승상이 소왈,

「忠臣은 不事二君이요, 烈女는 不更二夫라 하였으나, 네게는 당치 아니한 말이니 다시 두 말 말라.」

하시니, 학공이 승상의 말을 거스르지 못하여 다시 아뢰지 못하고 심회 불평히 지내더라.

어언간 길일을 당하매 별선의 생각이 더욱 간절한지라. 위의를 갖추어 禮席에 이르니, 신랑의 늠름한 풍채와 신부의 요요한 태도는 가위 천정 배필이라. 보는 자 뉘 아니 칭찬하리오.

종일토록 잔치를 마친 후 날이 저물매 신방에 들어가

---

*두목 : 중국 당나라 말기의 시인. 호는 번천(樊川).

좌정하니, 별선의 생각이 자연 더욱 간절하여 輾轉不寐^{전전불매}
하더니, 밤이 이미 깊었는지라. 마지 못하여 침석에 누
웠더니, 비몽사몽간에 별낭자가 젖은 옷을 입고 들어와
낭군을 붙들고 낙루하며 왈,

「당초의 언약이 지중하거늘 이다지 허사가 될 줄 어찌
알았으리오. 이 방이 뉘 방이라고 누웠으며, 나 같은 박
명한 원혼은 주야 낭군 생각이 간절하여 잊지 못하였
더니, 낭군은 좋은 시절을 다시 만나 숙녀를 얻어 나
같은 혼백은 생각지 아니하시니 어찌 슬프지 아니하
오리까. 그러하오나 속담에 이르기를 「貪花蜂蝶」이라
하였으니, 어찌 떨어진 꽃을 생각하고 새로 피는 꽃을
돌아보지 아니하오리까. 바라건대 낭군은 불쌍한 첩
의 혼백도 생각하옵소서. 유명이 다르기로 오래 머무
르지 못하고 바삐 돌아가오니 낭군은 내내 무량하옵소
서.」

하고 돌아가거늘, 학공이 달려들어 붙들려 할 즈음에 홀
연 간 데 없는지라, 놀라 깨달으니 남가일몽이라. 심신
이 산란하여 잠을 이루지 못하고 주야로 별낭자의 생각
이 간절하더라.

일일은 또 비몽간에 별낭자가 와서 학공의 손을 잡고
몸에 피를 흘리고 소매로 눈물을 씻으며 왈,

「망극한 정회는 풀었으나 또 온 것은 다름이 아니오라,
지금 國泰民安^{국태민안}하와 황성에서 과거를 뵈인다 하오니, 아
무쪼록 과거를 보아 參榜^{참방}하시거든 不恭戴天之怨讐^{불공대천지원수}를
갚게 하옵소서.」

하고 문득 간 데 없거늘, 놀라 깨달으니 枕上一夢^{침상일몽}이라.

학공이 괴이히 여겨 과거 소문을 탐지하니 과연 과거

를 뵈인다 하거늘, 科日(과일)을 기다리다가 그 날을 당하매,
학공이 試紙(시지)를 옆에 끼고 장중에 들어가니 글제를 걸었
거늘, 懸題板(현제판)을 바라보니 평생에 외우던 글이거늘, 龍硯(용연)
에 먹을 갈아 黃毛無心筆(황모무심필)을 반중동을 흠뻑 풀어 一筆揮
之(일필휘지)하니, 문장은 李太白(이태백)이요, 필법은 王羲之(왕희지)라.

  一天(일천)에 先場(선장)하고 나왔더니, 황승상이 궐내에 들어가
참례하였다가 榜目(방목)을 살펴보니, 謁聖 都壯元(알성 도장원) 김학공이라
하였거늘, 승상이 기뻐 즉시 나와 학공을 데리고 궐내에
들어가 伏地(복지)하니, 상이 보시고 칭찬하사 즉시 新來(신래)를 부
르시니, 학공이 머리에 御賜花(어사화)를 꽂고 靑紗冠帶(청사관대)를 입고
玉帶(옥대)를 띠고 계하에 진퇴하는 양은 천상의 선관이 하강
한 듯하더라.

  상이 이삼차 진퇴를 시키다가 玉階(옥계)에 앉히고 손을 잡
고 왈,

「짐짓 천하 영웅이로다.」

하시고, 翰林學士(한림학사)를 제수하시니, 학공이 謝恩肅拜(사은숙배)하고 나
올새, 머리에는 어사화요, 몸에는 청사관대를 입고 銀鞍(은안) 白
馬(백마)에 높이 앉아 靑紅雙蓋(청홍쌍개)를 앞세우고 장안 대도 상으로
완완히 나오니, 그 위의 거룩함을 뉘 아니 칭찬하리오.
바로 황승상 댁으로 들어가니 부인이 더욱 기뻐하시더
라.

  三日 遊街(삼일 유가) 후에 임감사 댁에 가니, 감사가 한림의 손
을 잡고 못내 기뻐하더라.

  이러구러 세월이 오래 지나매 한림의 명망이 조야에
진동하니, 조정에서 김한림의 벼슬을 돋우고자 하여 榻(탑)
前(전)에 奏達(주달)하오니, 상이 즉시 江州刺史(강주자사)를 제수하시거늘,
학공이 사은숙배하고 나와 승상께 이 사유를 여쭈오니,

승상부부 기뻐 왈,

「네 명망이 장한 탓이로다.」

하며 못내 사랑하시더라.

이튿날 길을 떠나 임소로 내려갈 제, 각 읍에 위의가 찬란하니 구경 아니 할 이 없더라.

이때 최부인이 明月庵에 있어 주야 십이시로 학공을 생각하고 눈물로 세월을 허송하더라.

일일은 비몽간에 백발 노인이 青藜杖을 짚고 와 이르되,

「평생에 그리던 학공이 명일 오시에 이 앞으로 지날 것이니 부디 때를 잃지 말라.」

하거늘, 놀라 깨달으니 남가일몽이라. 심중에 자탄 왈,

「아무리 꿈이 허사라 한들 세상에 이런 허사가 있으리오. 죽은 자식이 어찌 이곳으로 지나가리오.」

하고 슬픈 마음이 더욱 새로와 잠을 이루지 못하고 날이 새기를 기다리더라.

이윽고 법당에 쇠북소리 나거늘, 인하여 모든 여승을 불러 말씀하여 왈,

「내가 이곳에 와 머문 지 장차 십여 년이라. 날로 죽기를 원하였더니, 작야에 몽사가 여차여차한즉, 몽중사를 믿지는 못하겠으나 전후의 일이 모두 다 노인이 지시하심이라. 하도 明明하시기로 장차 나가 보려 하오니, 제승은 부디 태평히 지내옵소서.」

하고, 미덕과 유모와 시비 옥향, 춘섬을 데리고 길을 떠나니, 제승이 멀리 나와 餞別 왈,

「부인은 종자를 데리시고 몽사대로 그리로 가옵소서.」

하거늘, 부인이 光善師姑의 손을 잡고 왈,

「이 인생이 존사의 厚恩大德을 입사와 잔명을 이제까
지 부지하였다가, 허황한 몽사로 인하여 금일에 이별
을 당하오니 비창한 마음을 어찌 다 말하오리까. 만일
죽지 않고 사오면 은혜를 만분지일이라도 갚사오리다.
天佑神助하와 후일 다시 뵈올 날이 있사올 것이니, 내
내 평안히 지내오시기를 바라나이다.」

하거늘, 광선이 대왈,

「도시 부인의 신수 소관이오니, 과히 슬퍼 마옵시고 부
디 소원을 이루소서.」

하더라.

부인이 제승을 이별하고 산문에 나와 사면을 살펴보나
동정이 없더니, 이윽고 서편을 바라보니 한 떼 군마가 일
개 소년을 옹위하고 오거늘 내심에 헤아리되, 「미성한
여식과 연소한 시비를 데리고 길가에 앉아 있는 것이 불
가하다」 하여 수풀 속에 들어가 앉았더니, 그 행차가 앞
주점으로 들어가거늘, 심중에 차탄 왈,

「어떠한 사람은 저렇게 福祿이 좋아서 저러한 아들을
두어 영화를 보는고.」

하며, 학공을 생각하고 슬피 울다가 기진하여 앉아 졸더
니, 비몽사몽간에 학공이 머리에 어사화를 꽂고 몸에 청
사관대를 입고 울며 왈,

「모친은 불초자 학공을 잃삽고 십여 년 동안 고초를
어찌 지내시나이까.」

하는 소리에 놀라 깨달으니 남가일몽이라. 마음에 슬픈
생각이 더욱 새로와 진정할 수 없더라.

이때 학공이 주점에 들어 홀연 困勞하여 서안을 의지
하여 잠깐 졸더니, 사몽간에 모친이 와서 손을 잡고 왈,

「학공아, 학공아, 오세 소아로서 어미를 잃고 광대한
천지간에 뉘게 가 의탁하고 살았느냐.」

하시며, 통곡하는 소리에 놀라 깨달으니 모친은 간 곳 없
고 흐르느니 눈물이요, 일신이 떨리며 심신이 비월하여
혼절하여 누웠다가, 반향 만에 깨달으니 서산에 日暮하고
東嶺에 달이 돋아 밤이 깊도록 輾轉不寐하더니, 비몽간에
부친 낭청이 와 명명히 이르시되,

「네 모친이 이 주점에 있거늘 어찌하여 찾지 아니하느
뇨.」

하시는 소리에 깨달으니 침상일몽이라.

괴이히 여겨 일어 앉아 헤아리되,

「아까는 모친이 와서 이르시고 또 지금은 부친이 와서
이르시니, 정녕 모친이 생존하여 이곳에 와 계시도다.
내 정성이 부족하여 못 뵈옵나 어찌하여 못 뵈옵는가.」

하며 날이 새기를 기다리니, 鷄鳴聲이 들리거늘 하인에
게 분부하되,

「주점에 다니며 어떠한 부인의 행차가 계신가 탐문하
여 오라.」

하니, 하인들이 분부를 듣고 나와 사면으로 탐문하더니,
이날 부인이 수풀 속에 앉았다가 날이 저물거늘 주점에
내려와 한 집에 주인을 정하고 쉬더니, 비몽간에 백발 노
인이 와 이르되,

「그대의 千金貴子를 찾으라 하였더니, 지금까지 살펴
찾지 아니함은 무슨 일인고.」

하거늘, 놀라 깨달으니 남가일몽이라. 혼백이 산란하여
묵묵히 앉았더니, 차시에 하인이 자사의 분부를 듣고 두
루 찾아 탐문하다가, 한 주점에 이르러 주인에게 물어

왈,

「어떠한 부인의 행차가 없느뇨.」

하니, 주인이 답왈,

「어제 어떠한 부인이 네 명의 여자를 데리고 내 집에
와 주인하여 계시다.」

하거늘, 하인이 또 문왈,

「그 부인이 어디 계시며 어디로 가시는지 자세히 물어
보라.」

하니, 주인이 들어가 저의 처로 하여금 물어 보고 나와
하인에게 하는 말이,

「그 부인은 정처없이 다니시는 분이라.」

하거늘, 하인이 돌아와 자사에게 여쭈오되,

「여차여차하신 부인이 계십니다.」

하거늘, 자사가 이 말을 듣고 마음에 더욱 새로와 다시
분부하되,

「그곳에 가서 그 부인을 모시고 온 하인이 있거든 하
나 불러오라.」

하시니, 하인이 가서 이 사연을 고하니, 부인이 의아하
여 왈,

「행차에서 나의 하인을 부르시니 이 무슨 일인고.」
하며 猶豫未決하다가, 춘섬을 보내니라.

하인이 춘섬을 데리고 와서 자사께 뵈오니, 자사가 문
을 열고 본즉 춘섬이라. 자사가 미친 듯이 달려들어 춘섬
의 손을 잡고 울며 왈,

「千里他鄕에 逢故人이라. 전일 보던 사람이로다. 이것
이 어인 일이냐. 살아 생전 상봉이냐, 죽어 사후 상봉
이냐. 아무리 생각하여도 眞假를 알 수 없도다.」

146

하며, 정신을 수습하여 다시 곡절을 물으니, 춘섬이 또한 정신을 진정하여 전후 수말을 자세히 고하니, 자사가 이 말을 듣고 如醉如狂(여취여광)하여 춘섬을 데리고 모친 처소로 나아갈새, 발이 땅에 붙지 않는지라.

　이때 부인이 춘섬을 보내고 오래도록 아니 오니 疑念(의념)이 滿端(만단)할 즈음에, 창 밖에 喧嘩聲(훤화성)이 들리며 요란하거늘, 내다보니 춘섬이 顚之倒之(전지도지)하여 바삐 들어오며 부인을 불러 왈,

「부인님, 부인님, 학공자님 오시나이다.」

하니, 부인이 학공이란 말에 놀라 내달으니, 자사가 벌써 모친 전에 복지 통곡하며,

「불초자 학공이 예 왔나이다.」

하니, 부인이 자사의 손을 잡고 흉격이 막혀 아무 말도 못하다가 인하여 혼절하니, 자사가 대경하여 지성으로 구호하여 반향 만에 겨우 정신을 차려 자사의 손을 잡고 통곡하시며,

「꿈이냐, 생시냐. 네가 참말 학공이냐. 죽어 와서 속이느냐, 넋이 와서 속이느냐, 이게 참말 왠일이냐. 오세 소아가 어미를 잃고 어찌 살기를 바라리오. 뜻밖에 춘섬의 말을 들은즉, 모월 모일에 그놈들 손에 정녕 죽은 줄 알았더니, 이제 살았으니 참말이냐, 헛말이냐. 그때 너를 이별한 후 첩첩 깊은 산중에서 너 하나를 생각하고 십여 년간 허다한 고초를 겪을 적에, 굽이굽이 썩던 간장과 서러운 마음을 어찌 다 측량하랴. 明天(명천)이 도우사 운수암의 도사가 지신하신 덕으로 모자가 오늘 상봉하니 이제 죽은들 무슨 한이 있으리오.」

하시며, 기쁨을 이기지 못하사 눈물이 비 오듯 하시며 학공의 등도 어루만지시고 가슴도 만져 보시며 슬피 통곡하시거늘, 미덕이 또한 자사의 손을 잡고 왈,

　「동생 미덕을 모르시니이까.」
하며 슬피 우니, 자사가 미덕의 손을 잡고 失聲涕泣(실성체읍)하시며,

　「미덕아, 우지 마라. 우리 남매가 눈물을 거두지 아니
　하면 모친이 더욱 서러워할 것이니 그치라.」
하니, 미덕이 눈물을 거두거늘, 자사가 또 유모와 옥향의 손을 잡고 치하하여 왈,

　「유랑과 옥랑의 정성으로 모친을 보중하여 오늘날 모
　자 상봉과 남매 친견하니, 그 은혜를 생각하면 갚을 바
　를 아지 못하노라.」
하며 涙水縱橫(누수종횡)하시거늘, 유모와 옥랑이 또한 울며 고왈,

　「부인과 자사의 후하신 복이옵지, 어찌 소녀 등의 덕이
　라 하오리까.」
자사가 모친께 여쭈오되,

　「그 밤에 大患(대환)을 어찌 피하시며, 어디 가서 십여 년이
　나 유하여 계셨나이까.」
하니, 부인 왈,

　「집을 떠나 운수암 도사의 덕으로 영월암에 가 광선이
　를 만나 십여 년을 의탁하였느니라.」
하며, 또 도사가 현몽하여 이르던 말이며 전후 지낸 일을 낱낱이 말씀하시더니, 또 물어 왈,

　「춘섬의 말을 들으니 네가 죽은 것이 정녕한데 어찌하
　여 살았느냐.」
하시니, 자사가 여쭈오되,

「소자가 정녕 죽기를 면치 못하였삽더니, 별선이 주선
  하여 제가 대신 죽고 살려 내었나이다.」

하는 말씀과, 황승상의 수양자가 되어 임감사의 사위 된
후에 과거하던 사연을 낱낱이 고하니, 부인이 별선의 은
혜를 못내 칭찬하더라.

자사가 본관에게 분부하여 모친 행구를 준비하여 모시
고 강주로 가니라.

도임한 후에 치민하기를 밝히 하매, 頌德(송덕)이 강주 경내
에 진동하더라.

자사가 日久月深(일구월심)에 원수 갚기를 생각하더니, 일일은 하
인을 불러 문왈,

「이곳에서 계도섬이 얼마나 되느뇨.」

하시니, 하인이 고왈,

「소인 등은 자세히 모르나이다.」

하거늘, 자사 왈,

「내 들으니 그 섬이 경개 절승하다 하니 한번 구경코
  자 하노라.」

하시고, 각읍에다 關子(관자)를 하되 군마와 大船(대선)을 많이 준비
하여 모일 대령하라 하시고, 그 섬으로 先文(선문) 놓고 들어갈
제, 관속이 모두 다 고이히 여기더라.

자사가 들어가며 좌우 산천을 바라보니, 산도 예 보던
산이요, 물도 예 보던 물이요, 수목도 예 보던 수목이라.
옛일을 생각하니 비창하기 측량없어 一喜一悲(일희일비)하며 들어
가시더라.

자사가 監色(감색)*을 불러 왈,

「내 이 섬을 구경코자 하여 와 보니 과연 섬이 절승지

---

*감색 : 감관(監官)과 색리(色吏).

지라. 또한 폐치 못할 섬이로다. 그러하나 인총이 적
으니 온갖 구실과 田稅(전세)를 탕감하여 백성들이 살게 하
기로 나라에 장계하여 계시니 그리들 알라.」
하시니, 그놈들이 분부를 듣고,
「태산 같은 덕택으로 安接(안접)하게 하여 주옵소서.」
하거늘, 자사 왈,
「너희는 하나도 떠나지 말고 안접하라.」
하고, 물가에 나와 배를 타니, 그놈들이 손을 모아 축수
하더라.

자사가 원수를 갚을 계교를 얻었으니 어찌 기쁘지 아
니하리오. 육지에 다다르니 군마와 대선이 다 등대하여
있거늘, 자사가 기뻐 즉시 이 뜻으로 천자께 주문하고,
황승상과 임감사께 書簡(서간)하여 보내고, 도로 回程(회정)하여 섬
으로 들어가니, 이때 그놈들이 자사의 말을 곧이 듣고 揚(양)
揚自得(양자득)하여 자사가 다시 들어오신다는 말을 듣고 더욱
기뻐하여 江頭(강두)에 나와 맞으며 즐겨하더라.

자사가 들어갈 제 군졸에게 분부 왈,
「그 섬중에 들어가 나의 영이 내리는 대로 시행하라.
만일 어기는 자가 있으면 先斬後啓(선참후계)하리라.」
약속을 정한 후에 들어가 坐起(좌기)를 높이 차리고 그놈들
을 남녀노소 없이 모조리 불러들여 분부하여 왈,
「내가 이 섬을 포실케*하고자 하여 이 뜻으로 나라에
주문하였더니, 教旨(교지)에 다시 들어가 백성을 안무하라 하
여 계시기로 내 다시 들어왔으나, 별로이 분부할 말이
있으니 너희는 街童走卒(가동주졸) 없이 하나도 빠지지 말고 일제
히 즉시 등대하라.」

---

*포실 : 살림이 넉넉하다.

하시니, 이놈들이 모두 다 기뻐하여 남녀노소 없이 모두 다 모였는지라.

자사가 장대에 높이 올라 放砲一聲에 백기를 두르니, 억만 군병이 일시에 접응하고 둘러싸는지라. 旗幟 槍劒은 일월을 희롱하고, 鼓角喊聲은 천지를 진동하더라.

자사가 그제야 완완히 나서며 모인 중에 분부하여 왈,

「이 동네 백성이 이 중에 있거든 좌편으로 앉으라.」

하시고, 또 별선의 부친 내외도 좌편으로 가라 영을 내리고 그 남은 수를 살펴보니 不知其數라.

자사가 大喝一聲에 號角하고,

「살피겠으니 그리 알라.」

하시고 천금을 주거늘, 동지가 금을 받고 감격하나, 다만 딸을 생각하고 눈물을 흘리며 부복 사례하고, 한미는 자식을 죽임을 애달하나 감히 말을 못하더라.

또한 물 지키는 강원을 불러 왈,

「너는 나를 알소냐. 나는, 아비의 부음을 받아 가노라 하던 계집 사람이로다. 너 곧 아니면 내 어찌 살았으리오.」

하시며, 천금을 賞賜하고 칭찬하시니, 강원이 정신이 없어 어찌할 줄 모르고 감히 말을 아뢰지 못하더라.

일성 포향에 종놈들을 한 칼에 다 무찌르고자 하여 호령할 제,

「이놈 강도 같은 도적놈들아! 나를 아는다 모르는다. 전일에 너희놈들이 죽이려 하던 너희 상전 김학공이 여기 왔으니 한번 죽여 보라.」

하니, 그놈들이 千萬意外에 이 소리를 들으니 어찌 천지가 아득하지 아니하리오. 함정에 든 범이요, 그물에 걸

린 고기라, 어찌 도망하기를 바라리오. 속절없이 학공의 손에 일조에 함몰하니라.

이때 백성을 안무한 후 자사가 별선을 생각하고 마음이 비창하여 별선의 방을 찾아가 보니, 적막한 빈 방에 塵埃는 依舊하나 종적은 묘연한지라. 자사가 눈물을 흘리며 왈,

「이 방에 있던 사람은 어디로 가고 적막한 공방에는 인적이 없는고.」

하시며 들어가 보니, 그때에 눈물 뿌린 흔적이 완연하거늘, 자사의 비감한 마음이야 어찌 다 측량하리오.

이때 군졸과 백성을 다 放送하여 왈,

「너희들이 나로 하여금 수천리 타향에 수고를 무수히 하였으니 좋도록 돌아가라.」

하고, 상급을 모두에게 상사하니, 자사께 만만 칭송하고 떠나가니라.

이때 자사는 별낭자를 위하여 폭포수 흐르는 물에 나아가 제물을 갖추고 축문을 지어 가지고 제전 앞에 나아가 방성대곡하니, 천지를 부르짖어 앙천 탄식 왈,

「슬프다, 별낭자에게 일장 지성을 표하노라. 비록 수중고혼이라도 어찌 哀告之心을 모르리오. 빙설 같은 영혼은 歆饗하옵소서. 그대의 遺願대로 부모의 원수를 갚았으니 다행은 하거니와, 그대의 원혼은 어찌하여 풀어 줄꼬. 물속을 내려다보니 渺蒼海之一粟이라. 다시 생각하여도 별낭자가 나를 위하여 수중고혼이 되었으니, 천만년이 지나간들 내 어찌 잊으리오.」

하며, 즉시 列邑에 關子하여 황금 수만 냥과 백미 수천 석을 輸運하여다가 水陸齋를 장만하여 여러 번을 지내어,

혹 별낭자의 혼을 볼까 하고 지성으로 지내되 동정이 없는지라.

정성이 부족하여 期望(기망)이 없는가 하여 나라에 狀啓(장계)하여 戶曹(호조) 돈 일만 냥과 백미 삼천 석을 取貸(취대)하여다가 주야로 제사할 제, 자사가 前爪斷髮(전조단발)하고 新營白旄(신영백모)에 지성으로 龍祭(용제)를 지낸 후에, 또 제문을 지어 가지고 폭포수 물가에 가 제사할 제, 제문에 왈,

「슬프다, 별낭자의 수중고혼이라도 감동하여 살펴소서. 김학공이 조실부모하고 유리개걸하다가 천만 의외에 낭자를 만나 정이 태산 같삽더니, 신정이 미흡하여 애닯을 손 이별이요, 조물이 시기하고 귀신이 작희하여 미미한 연분이 일조에 영별하였으니 어찌 그 아니 슬플손가.

인간의 이별이 남에게도 이러하면 이별할 이 뉘 있으리오. 석상에 오동 심어 싹이 나거든 오려는가! 병풍에 그린 黃鷄(황계) 목을 길게 빼어 두 날개를 땅땅 치고 사경 일점에 날새라고 꼬끼오 울거든 오시려오. 창해가 육지 되어 밭갈거든 오려는가, 태산이 바다 되어 배 가거든 오려는가. 명월이 운무에서 벗어나 동창에 비치일 때 오려는가, 白沙(백사)가 변하여 黃金(황금)이 되거든 오려는가. 烏頭白(오두백)하고 馬頭角(마두각)하거든 오려는가, 고목에 꽃피거든 오려는가. 금강산 상상봉에 물 밀어 배 뜨거든 오시려오, 어이하여 못 오던고. 夏雲(하운)이 多奇峯(다기봉)하니 산이 높아 못 오던가, 春水滿四澤(춘수만사택)하니 물이 많아 못 오던가, 何處秋風至(하처추풍지)하니 바람이 불어 못 오던가. 獨釣寒江雪(독조한강설)하니 눈이 쌓여 못 오던가, 謫客關山路幾重(적객관산로기중)하니 길이 멀어 못 오던가, 歸臥東窓(귀와동창)에 忽然醉(홀연취)하니 술이 취하여

못 오던가 東嶺^{동령}에 無月望^{무월망}하니 달이 없어 못 오던가, 中^중天^천에 無日色^{무일색}하니 해가 없어 못 오던가. 西出陽關無故人^{서출양관무고인}하니 벗이 없어 못 오던가, 어이 그리 못 오시오. 천지 신명은 굽어 살피소서. 전생 차생 무슨 죄로 우리 둘이 연분 되었다가, 이같이 일촌 간장이 춘설같이 스러지니, 영혼은 굽어 이 정성을 살피소서.」

하였더라.

여러 날 만에 지성으로 발원하였더니, 일일은 홀연 서쪽으로부터 떼구름이 일어나고 운무 자욱하며 비가 오더니, 난데없는 노장이 내려와 이르되,

「정성이 지극하면 至誠^{지성}이 感天^{감천}이라 하였으니, 정성을 지극히 드리면 별낭자를 보려니와, 그렇지 아니하면 백년이라도 보기 어려울 것이니, 부디 정성을 더 들여 보라.」

하거늘, 자사가 문왈,

「노장은 뉘라 하시며 어디 계시나이까.」

하니, 노장이 답왈,

「나는 수중을 지키는 신령이거니와, 전일에 별낭자가 마음이 착하고 행실이 기특하기로, 옥황상제께서 월궁으로 정하여 계시니, 보기가 졸연치 아니하니 보려 하거든 지성을 드리라.」

하고 간 데 없거늘, 자사가 낙루 왈,

「별낭자 죽은 지가 수년이나 되니 불쌍한 고혼이 뉘게 가 의지하였는고.」

하며 무수히 통곡하니, 산천이 슬퍼하고 초목 금수가 다 비감하는 듯하더라.

자사가 정신을 수습하고 앉았더니, 홀연 물결이 滄浪^{창랑}

하며 안개가 자욱하고 향내가 진동하더니, 문득 별낭자가 완연히 나왔거늘, 일변 놀라운 중 일변 반가와 보니, 단정한 얼굴과 요요한 태도는 예와 같은지라. 고운 빛이 금방 죽은 사람과 같거늘, 자사가 물에 뛰어들어 별낭자의 허리를 안고 통곡 왈,

「불쌍할사 별낭자야! 그대가 나를 위하여 속절없이 죽었으니 가련하고 아깝도다. 죽은 신체라도 만나 보기를 꿈에나 생각하였으리오.」

얼굴을 한데 대고 왈,

「花朝月夕에 낭자를 잊지 못하여 수심으로 세월을 보낼 제, 일조에 낭자와 이별하니 소식 몰라 수심이요, 한번 가고 아니 오니 기다리기 수심이요, 세상만사 덧없도다. 일월 무정 절로 가니 해 가는 것 수심이요, 陌頭楊柳 푸르렀다, 회교부서 수심이요, 細雨紗窓 적막한데 비오는 소리 수심이요, 남문 열고 바라 치니 그 밤 새기 수심이요, 心擾 있어 잠을 들면 꿈도 정녕 수심이요, 상사하는 이내 님을 잠깐 만나 수심이요, 옥수를 넌즛 잡고 長嘆一聲 수심이요, 萬端情懷 다 못하여 깨달으니 수심이요, 꿈을 생시로 삼고지고. 恍惚難測 수심이요, 수심, 수심 깊은 수심 한데 모아 수심이요, 살고지고 수심이라. 그대 형용 눈에 암암 그대 소리 귀에 쟁쟁하였더니, 이제 서로 만나 보니 천생연분이 깊었도다. 아까 용왕이 이르시되 지성을 다하면 만나 보리라 하시더니, 과연 허사가 아니로다.」

하며, 또 만단정회를 말하며 옷고름을 끌러 가슴을 만져 보니, 온기가 있어 정신이 있는 듯한지라.

자사가 누수를 거두고 회생단 一丸을 갈아 입에 넣으

니, 이윽고 호흡을 통하며 정신을 차려 완완히 일어나
앉으며 자사의 손을 잡고 왈,

　「전생인가, 이생인가, 진가를 알 수 없도다. 전생 차
　생 무슨 죄로 우리 둘이 배필 되었다가 이런 고초를 겪
　는고. 죽었던 인생이 다시 살아나 옥안을 다시 보니 기
　쁘기도 그지없고 반갑기도 그지없네.」

　자사 또한 반가운 마음을 이기지 못하여 낭자의 손을
잡고 낙루하여 왈,

　「죽었던 사람을 다시 보니 雪上에서 꽃을 본 듯, 炎天
　에 雪色 본 듯, 금을 준들 살릴소냐, 은을 준들 살릴
　소냐.」

　이렇듯 즐길 적에 어찌 아니 신기하랴. 피차 정회를
못다 풀고 행구를 일변 차려 별선을 쌍교에 태워 가지고
동지 집으로 찾아가니, 이때 동지 내외가 별선과 학공을 영
결한 후 눈물로써 세월을 보내더니, 홀연 뜻밖에 별선 내
외가 완완히 들어와 동지 내외 앞에 와 재배 통곡하거
늘, 동지 내외가 어쩐 영문을 몰라 의아하더니, 정신을
수습하여 보니 정녕 별선이라. 달려들어 별선을 안고 궁
글며 왈,

　「이게 웬일이냐. 꿈이냐, 생시냐.」

하며, 무수히 울며 가로되,

　「너희가 어찌하여 살았느냐.」

하니, 별선 내외가 전후 수말을 낱낱이 말씀하니, 동지
내외가 딸의 살아남을 못내 기뻐하더라.

　이삼일을 지내다가 동지 내외에게 하직하고 본부로 돌
아와 최부인께 뵈오니 부인 왈,

　「그 뉘뇨.」

하시니, 자사가 모부인께 전후수말을 고하니, 부인이 낭자의 손을 잡고 왈,

「낭자의 은덕으로 자사가 살았으니 그 은혜 무엇으로 갚으리오.」

하시니, 별선이 염용 대왈,

「시모님의 정성이옵고 자사의 복이옵지, 어찌 천첩의 힘이라 하오리이까.」

하며 효성으로 섬기니, 姑婦의 정회가 날로 깊었더라.

차시에 자사가 모친을 만난 사연과 원수 갚은 일이며 별낭자 만난 연유를 나라에 장계한 후, 황승상과 임감사에게 서간하고, 일변 황성으로 향할새, 그 위의와 거동이 비할 데 없더라.

상이 자사의 장계를 보시고 대경 대희하사 왈,

「이런 일은 천고에 없는 일이라.」

하시더라.

황승상과 임감사가 편지를 보시고 일변 놀랍고 일변 칭찬하시며 날로 자사가 올라오기를 고대하더라.

자사가 여러 날 만에 황성에 다다르니, 황승상과 임감사가 성 밖에 나와 맞아 반기며 들어가니, 칭찬 아니하는 자 없더라.

자사가 궐내에 들어가 肅拜하오니, 상이 기뻐하사 왈,

「경의 일은 천고에 드문지라.」

하시고, 하교하사 학공으로 그 공로를 표하여 벼슬을 돋우시니 右議政을 시키시고, 별선으로 貞烈夫人을 봉하시고 금은채단을 무수히 賜送하시니, 자사가 돈수하고 굳이 사양하니 상이 不允하시거늘, 자사가 마지 못하여 퇴조하고 황승상 댁으로 나아가니, 김승상의 영화는 일국에

으뜸일러라.

모친께 여쭈오되, 궐내에 들어가 상이 직첩 내리신 연유를 자세히 고하고, 모자가 황은을 못내 감축하더라.

또 황승상께 뵈오니 승상이 못내 기뻐하시며 所經事^{소경사}를 물으시거늘, 김승상이 고왈,

「부친은 자세히 들으시옵소서. 소자가 당초에 부모께옵서 백일기도하와 칠성께 빌어 소자를 낳았삽더니, 불행하와 부친을 早別^{조별} 후에 모친께옵서 자녀를 데리고 사옵더니, 종놈들에게 不意之變^{불의지변}을 만나 삼모자가 다 죽게 되었삽더니, 천행으로 환란을 면하옵고 모자와 남매가 서로 상별하였었나이다.」

하며, 그놈들이 계도섬에 들어가 사는 말을 듣고 찾아들어가 동지의 사위 되었다가 학공인 줄 알고 죽이려 하던 말과, 별선이 대신 죽은 말과, 부친께서 현몽하여 모친과 남매가 만난 전후 수말을 낱낱이 여쭈오니 승상이 놀라며 낙루 왈,

「잔잉하고 가련하도다. 내 그러한 줄 알았으면 이제야 원수를 갚게 하였으리오.」

하시며 자탄하시더라.

황승상이 집 앞에 큰 집을 지어 김승상에게 주시니, 승상이 모친과 미덕과 양부인을 데리고 즉시 새집으로 이사하여 安頓^{안돈}하니라.

승상이 고향에 내려갈 제 각 읍에 先文^{선문} 놓고 列邑^{열읍}에서 洞洞^{동동}하더라.

여러 날 만에 홍천부 북면에 다다르니, 古宅^{고택}은 터만 남아 있고 인적이 없는지라. 부친의 분묘에 올라가니 具容^{구용}이 적막하니 어찌 아니 슬프리오. 분묘를 붙들고 슬피 애통하니,

초목과 금수도 다 서러워하는 듯하더라.

즉시 사초한 후에 石物(석물)을 세우니 뉘 아니 칭찬하리오. 노비와 전답을 많이 장만하여 築下(축하)에 두고 길을 떠날새, 분묘 앞에 가 하직을 고하려 하더니, 홀연 몸이 곤하여 분묘 앞에 엎드렸더니, 비몽간에 부친이 와 학공을 어루만지며 왈,

「기특하다, 학공아! 천신만고 살아나서 원수를 갚고 집을 회복하니 천고에 없는 효자라.」

하고,

「내 너를 위하여 옥황상제께 여쭈어 壽富多男子(수부다남자)하게 점지하였으니 부디 만수무강 지내어라.」

하시더니 간 데 없거늘, 깨달으니 남가일몽이라.

슬픈 마음이 더욱 간절하여 통곡 하직하고 올라와 모친께 뵈옵고 고향에 내려가 치산한 일이며 전답과 노비 장만한 일과 부친이 현몽하시던 일을 일일이 고하니,부인이 또한 비감하시더라.

그 길로 궐내에 숙배하고 나와 임감사 댁에 가 현알하니, 무사히 다녀옴을 치하하더라.

승상이 집에 돌아와 낮이면 천자를 섬겨 국사를 의논하며, 밤이면 모부인을 섬겨 가사를 다스리니, 권세가 날로 융성하더라.

이때 申丞相(신승상)이라 하는 재상이 一子(일자)를 두고 널리 구혼하다가, 김승상의 매제가 현숙함을 듣고 승상부에 매파를 보내었더니, 매파가 승상부에 나아가 신승상 댁에서 왔노라 하니, 승상이 청하여 무슨 일로 왔는가 물으니,매파가 대왈,

「댁에 현숙한 소저 계시다 하오기로 구혼하고자 왔나이

　다.」

하거늘, 승상이 허락하는지라.

　매파가 돌아와 그 사연을 고하니, 신승상이 기뻐하여 즉시 택일하되 춘삼월 망일이라.

　길일을 당하매 신랑이 길복을 갖추고 김승상부에 나아가 교배석에 이르니, 신랑의 늠름한 풍채와 신부의 요조한 태도는 일쌍 가우라. 예를 파하고 안으로 들어가니 최부인과 승상이 자연 비감하여 지내시더라.

　삼일을 지낸 후 신부가 예를 차려 시가에 이르니, 친척과 향당의 제인이 구름 모이듯 모였더라.

　사당에 나아가 배알하고 당에 올라 구고께 현알하니, 승상 양위께서 신부의 부드러운 성덕이 나타남을 보고 못내 기뻐하시더라. 또 원근 친척이 칭찬 아니하는 자 없더라.

　일일은 김승상이 모부인께 고왈,

　「유모가 우리 모자를 위하여 十生九死하였사오니, 은 수만 냥과 황금 수천 냥을 주어 공을 표함이 좋을까 하나이다.」

하니, 부인이 또한 기뻐 허락하시더라.

　또 옥향과 춘섬을 불러 각각 은자 만냥씩 주며 왈,

　「너희는 우리 모자를 위하여 충성이 지극하므로 약소하나 이것으로 가산을 삼으라.」

하고, 贖良하여 주시며, 先鄕에 돌아가 양민이 되어 有子有孫하고 잘 살라 하시거늘, 옥향과 춘섬이 승상의 寬厚大德하심을 못내 칭송하더라.

　모부인이 승상을 불러 왈,

　「내 총망 중에 잊었노라. 명월암 광선의 은혜를 무엇으로 갚으리오.」

하시니, 승상이 즉시 금은채단 수십 태를 준비하여 보낼
새, 부인이 일봉서를 써 주니라. 그 글에 하였으되,

　　「홍천부 북면에서 거하던 최씨는 돈수백배하나니 광선
　　사고는 굽어 하감하옵소서. 슬프다. 죽게 되어 漂泊西
　　南하는 인생에게 자비지덕을 내려 십여 년을 존문에 의
　　탁하여 잔명을 부지하였더니, 천행으로 아자를 만나 영
　　화부귀가 비할 데 없사오니, 존사의 애휼지덕이 아니오
　　면 어찌 귀한 몸이 되었사오리까. 마땅히 나아가 뵈오
　　려마는, 쓸데없는 나이만 많아 身老多病하옵기로 마음
　　과 같이 못 하와 섭섭하기로 수종의 미물을 보내어 정회
　　를 표하오니 내내 기체 안녕하옵소서.」

하였더라.

　　이때 사고는 최부인과 이별하고 소식이 적조하여 궁금
히 지내던 차에, 서간이 옴을 보고 못내 칭송하며 답서하
여 보내더니, 이러구러 세월이 여류하여 황승상 내외가 모
두 다 俱沒하시매 예로써 선산에 안장하고, 임감사 양위가
또 구몰하시거늘 예로써 안장하니라.

　　실실은 또 동기 내외기 구몰하니 별션의 애고지통을 어
찌 다 말하리오. 선산에 안장한 후 또 세월이 홀홀하여 최
씨 부인이 또 춘추 구십에 홀연 득병하여 백약이 무효라.
마침내 별세하시니, 승상의 애통하심이 전일보다 더하시
더라.

　　初終을 마친 후 석 달 만에 선산에 안장하고 삼년 草土를
극진히 받든 후에, 부인과 아자들과 더불어 세월을 보내
더라.

　　광음이 홀홀하여 별낭자는 이자 삼녀를 두었으되, 장자의

명은 추상이요, 차자의 명은 추강이요, 장녀의 명은 채봉이요, 차녀의 명은 채황이요, 삼녀의 명은 채학이라.

또 임낭자는 일자 일녀를 두었으되, 아들의 이름은 추영이요, 딸의 명은 채관이라.

아자는 다 각각 소년등과하여 벼슬이 일품에 거하며 명망이 조야에 진동하더라.

여자는 다 각각 명문 거족에 姻婚하여 계계승승하더라.

별낭자가 임낭자로 더불어 매양 앉으면 전일에 고초 겪던 일을 말씀하며, 승상을 서로 위로하여 지내는 정회가 친동기에서 더하더라.

이러구러 세월을 보내더니, 일일은 승상이 홀연 졸더니 비몽간에 백발 노인이 머리에 束髮冠을 쓰고 손에 白羽扇을 쥐고 와 이르되,

「그대 세상 재미 어떠하뇨. 지금 우리 서로 모일 때가 되었으니 인간을 하직하고 바삐 瀛州 三神山으로 가자.」 하고, 짚었던 지팡이로 상을 치거늘, 그 소리에 놀라 깨달으니 남가일몽이라.

일어나 앉아 두 부인과 자녀들을 다 불러 앉히고 몽사를 말씀하시며, 의관을 정제하시고 상에 의지하여 졸하시니, 두 부인의 슬퍼함과 여러 자녀들의 통곡함을 어찌 다 기록하리오.

초종을 마친 후에 삼년을 지성으로 받들더라.

여러 아들들이 다 父風 모습으로 벼슬이 각각 일품에 있어 세상에 그릴 것이 없더라.

이러한 일이 고금에 드문고로 대강 기록하여 후세 사람들에게 보게 하니라.

〈활판본〉

李春風傳

〔해 설〕 **李春風傳**

—— 해학이 듬뿍 깃든 풍자소설

　이 작품은 풍자소설의 성격을 띠고 쓰여진 만큼 시종 해학
적이며 풍자적인 표현으로 일관한다. 억지로 웃음을 도발시
키려는 무리가 보이지 않으며 오히려 웃음 속에서 눈물을 흘
리게 하는 표현은 이런 류의 풍자소설에 백미라 하겠다.
　이 작품의 주제는 조선조 말엽의 몰락한 양반들의 위선적
이고도 방탕한 생활을 풍자적으로 묘사하였고 위정자들의 부
패상을 폭로하였을 뿐 아니라 분수에 넘치는 벼슬을 재산을
탕진하면서까지 욕심 낼 필요가 있느냐 하는 문제를 해학적
으로 다루었다.
　사실 조선말엽의 공공연한 매관매직은 형언키 곤란할 정도
로 심했고 양반은 물론이요, 평민까지 벼슬을 하려고 하다가
가산을 탕진하고 패가망신한 사람이 부지기수였던 것이다. 이
렇게 본다면 이 작품이야말로 조선조 소설로서 창극본 소설
을 제외하고는 당시 시대상을 가장 잘 표현한 작품의 하나라
하겠다.
요컨대 이 작품의 작자는 주제성으로 보아 분명 평민일 것이
며 구성, 표현, 주제 등 독창성과 참신성으로 보아 현대소설
에 못지 않는 우수한 작품이며 창극본 소설과 더불어 평민문
학의 성격을 띤 작품이라고 하겠다.

이 춘 풍 전

李春風傳

肅宗大王 즉위 초에 人和歲風하고 國泰民安이라. 雨順風調하고 家給人足하여 山無盜賊하고 道不拾遺하니 堯之日月이요, 舜之乾坤이라.

이 때 서울 다락골에 한 사람이 있으되 성은 李요, 명은 春風이라. 형세 가상 饒富하여 장안의 巨富로서 다만 血肉이 춘풍뿐이라. 부모 매양 사랑하여 嬌童으로 길러 내니 인물이 玉骨이요, 軒軒丈夫라. 타인과 달라 못 할 것이 전혀 없더라.

그렇듯 지내다가 양친이 일시에 俱沒하니 춘풍이 망극하여 三喪을 마친 후, 强近之親이 없어 춘풍을 경계할 이 없으매, 춘풍이 오입하며 하는 일마다 방탕하고 世傳之物 累萬金을 남용하여 없이할 제, 南北村 오입장이와 한가지로 휩쓸려 다니며 호강하며 주야로 노닐 적에 慕華

館 활 쏘기와 掌樂院* 風流하기, 산영에 바둑 두기, 장기
骨牌 雙六 數鬪牋* 육자배기, 사시랑이, 동동이, 엿방망이
하기와 아이 보면 돈 주기, 어른 보면 술대접하여 고운
양자 맑은 소리, 맛 좋은 一年酒며 벙거짓골 悅口子湯*
너비할미 갈비찜에 日日長醉 노닐 적에 靑樓美色 달려
들어 수천금을 시각에 없이하니, 천하 부자 石崇인들 그
무엇이 남을손가. 티끌같이 없어지고 塵土같이 다 마른
다. 전에 놀던 청루미색 나를 보면 헤어진다.

춘풍이 하릴없어 제 집에 돌아와 제 처더러 하는 말이,
「家貧에 思賢妻라 옛글에 일렀건만 애고 이제 어찌할
꼬.」

가련하다 춘풍 아내 하는 말이,
「여보소, 내 말 듣소. 대장부 되어 나서 文武間에 힘
을 써서 春塘臺 謁聖科에 문무 참예하여 桂樹花를 숙
여 꽂고 靑羅衫 떨쳐 입고 부모 전에 영화 뵈고 후세에
이름 내어 장부의 사업을 하면 패가를 할지라도 무엄
치나 아니할꼬. 그렇지 못하면 治産을 그치 말고 농업
을 힘써서 처자를 굶기지 말고 의식이나 호강으로 지
내다가 말년에 이르러서 자식에게 傳掌하고 내외가 종
신토록 還曆平生하게 되면 그도 아니 좋을손가. 부귀
공명 마다하고 이녁이 어찌 굴어 부모의 世傳之物 一
朝一夕 다 없애고 수다한 奴婢 田畓 뉘에게다 전장하

---

* 장악원 : 이조 때 음률(音律)의 교열(教閱)을 맡아 보던 관아. 태조(太祖)
　　원년에 전악서(典樂署)와 아악서(雅樂署)를 베풀었다가 세종(世宗)
　　때 태상시(太常寺)로 옮겨 붙이고, 세조(世祖) 4년에 태상시로부터
　　분리시키고 두 관아를 합쳐 장악서(掌樂署)로 고쳤으며, 연산주(燕
　　山主) 11년에는 연방원(聯芳院)이라 개칭하였다가 중종(中宗) 초
　　년에 장악원으로 고치고 고종(高宗) 21년에 폐지하였음.
* 수투전 : 노름 제구의 한 가지.
* 열구자탕 : 신선로(神仙爐)에 여러 가지 어육(魚肉)과 채소를 색스럽게 넣
　　고 그 위에 각종(各種) 과실을 넣어서 끓인 음식.

고 처자를 돌보지 않고, 酒池貪色 數鬪牋 주야로 방탕
하여 저렇듯이 되었으니 어이하여 사잔 말고. 마오 마
오 그리 마오, 酒色雜技 좋아 마오. 자고로 오입한 사
람 뉘 아니 蕩敗한가. 내 말 잠깐 들어 보소, 미나릿골
李牌頭는 청루미색 즐기다가 나중에 신세 글러지고 동
문 밖의 吳聽頭도 투전잡기 즐기다가 말년에 걸인 되
고, 남산골 花眞이도 소년의 부자로서 주색잡기 즐기
다가 늙어서 그릇 죽고, 모시전골 金富者도 술 잘 먹
고 허랑하기 장안에 유명터니, 수만금을 다 없애고 기
름장사 다니네. 일로 두고 볼지라도 주색잡기 다시 마
오.」
이렇듯이 만류하니 춘풍이 대답하는 말이,
「자네 내 말 들어 보소. 使喚 대실이는 술 한잔을 못
먹어도 돈 한푼을 못 모으고, 이 각동이는 오십이 되도록
주색을 몰랐어도 남의 집 사환을 못 면하고, 탑골 복
동이는 투전 골패 몰랐어도 수천금을 다 없애고 굶어
죽었으니, 일로 볼작시면 주색잡기 하다가도 못사는 이
별로 없데. 자네 차차 내 말 잠깐 들어 보소. 술 잘 먹
는 이 태백도 鸕鷀杓* 鸚鵡杯*로 백년 삼만 육천일 一
日須傾 三百杯에 매일장취하였대도 翰林學士 다 지내
고, 자골전 일손이는 주색잡기하였어도 나중에 잘되
어서 一品* 벼슬하였으니, 일로 볼지라도 주색잡기 좋
아하기 남아의 常事로다. 나도 이리 노닐다가 일품 벼
슬 하고 이름을 후세에 전하리라.」
이렁성 허탕하여 조석을 이룰 수 없이 蕩盡한지라. 춘

---

* 노자작 : 술그릇의 이름.
* 앵무배 : 자개 껍질로 앵무새의 부리 모양으로 만든 술잔.
* 일품 : 문무관(文武官) 품계(品階)의 첫째. 정(正), 종(從)의 구별이 있음.

풍이 하릴없이 그제야 悔過自責* 절로 나서 아내에게 사과하고 지성으로 비는 말이,

「자네 부디 노여워 마오, 자네 부디 서러워 마소. 내 마음 생각하니 覺今是而昨非로세. 已往之事 고사하고 가난하여 못 살겠네. 어찌하면 좋단 말고. 오늘부터 家中凡事를 자네게 맡길 것이니, 자네 임의로 齊家하여 의식이나 줄이지 말게 하소.」

춘풍의 처 하는 말이,

「부모 조업 누만금을 주색에 다 없애고 이 지경이 되었으니, 이후에 혹시 침재* 길쌈* 방직하여 돈푼을 몰지라도 그 무엇을 아낄손가.」

춘풍이 대답하되,

「자네 말이 내 행세를 믿지 못하니 이후 주색잡기 말기로 手記를 써 줌세.」

紙筆을 내어 수기를 쓰는구나.

「모년 모월 모일 記爲傳手記라. 右手記 段 오입 방탕하기로 선세 조업 누만금을 청루잡기로 盡散하고 覺今是而昨非하고서 悔改에 莫及이라. 차일 후로 가중지사를 盡付於室 金氏 爲去乎* 김씨 治産 후로는 累萬金之財라도 眞是* 金氏之財요, 家夫 이 춘풍은 一分錢 一斗粟을 不付擔當之志로 如是* 수기하오니 일후에 若有雜技持牌어든 持此手記하고 官卞政事라. 證筆*에 가부

---

* 회과자책 : 허물을 뉘우쳐 스스로 책망함.
* 침재 : 바느질 재주, 바느질을 하는 솜씨.
* 길쌈 : 동식물의 섬유를 만들어 피륙을 짜 이루기까지에 관한 모든 수공(手工)의 일.
* 하거온 : 하므로, 하건대.
* 진시 : 진실로. 참으로. 진심으로.
* 여시 : 이러함. 이와 같음. 약시(若是). 약차(若此). 여사(如斯). 여차(如此).
* 증필 : 문권(文券)에 있어서 증인과 지필한 사람.

이 춘풍이라.」

策名*하여 주니 춘풍 아내 거동 보소.

「수기 말씀이 持此手記하고 官卞政事라 하였으나 家長
걸어 訟事*할손가.」

춘풍이 이 말 듣고 수기를 고쳐,

「此良中*김씨전 수기라. 從今以後로 亦有雜談이거든
可謂 鄙夫之才라. 持此文記憑考事라.」

하여 주니, 김씨 받아 함롱*에 넣어 두고 이날부터 치가
한다.

침재, 길쌈 능란하다. 오푼 받고 새버선 짓기, 서푼
받고 새김볼 박기, 두푼 받고 汗衫 짓기, 서푼 받고 헌
옷 깁기, 너 돈 받고 창옷* 짓기, 닷 돈 받고 道袍하기, 엿
돈 받고 天翼* 짓기, 일곱 돈 받고 衾枕하기, 한 냥 받고
돌쩌누비, 석 냥 받고 긴옷누비, 두 냥 받고 바지누비,
너 냥 받고 官服 지며 겨울이면 무명나이, 여름이면 삼
베길쌈, 가을이면 염색하기, 이렁성 사시 장철 주야로 쉴
새 없이 사오년을 모은 돈을 장변*이면 월수 놓아 수천금
을 모았고나. 의식이 넉넉하고 가세가 풍족하여 그릴 것
이 바이없다.

이 때에 춘풍이 아내 덕에 衣服冠網 치레하고 膏染珍
味 含哺鼓腹하여 제집 술로 매일 장취하는구나. 가래침

---

* 책명 : 이름을 신적(臣籍)에 올림. 즉 신하(臣下)가 됨.
* 송사 : 백성끼리의 분쟁을 관부(官府)에 호소하여서 그 판결을 구하던 일.
    지금의 소송과 같은 제도.
* 차여의 : 이것에.
* 함롱 : 함과 농. 옷을 담는 큰 함처럼 된 농.
* 창옷 : 중치마 밑에 입는 웃옷의 하나. 두루마기와 같은데 소매가 좁고 무
    가 없음. 소창옷(小氅一).
* 천익 : 무관(武官)의 공복(公服)의 한 가지. 직령(直領)으로서 허리에 주
    름이 잡히고 큰 소매가 달렸음. 당상관(堂上官)은 남(藍), 당하관(堂
    下官)은 홍색임. 첩리(帖裡). 취음. 철릭.
* 장변 : 장에서 꾸는 돈의 변리.

고두 받고 곤자손 기름지니 마음이 교만하여 이전 행실 절로 난다.

떨떠리고 내달아서 戸曹 돈 이천 냥을 대돈으로 얻어내어 博物君子*인 체하고 평양으로 장사 가려 하니 춘풍 아내 거동 보소. 이 말 듣고 대경하여 춘풍더러 하는 말이,

「여보시오 서방님, 내 말 잠깐 들어 보소. 이십 전에 부모 조업 탕진하고 그 사이 오년을 결단하고 앉았다가 物情도 疎離한데 평양 장사 가지 마오. 평양 물정 내 들었소. 번화 사치하고 粉壁紗窓* 青樓美色 丹脣皓齒* 半開하고 清歌* 一曲으로 嬌態하여 돈 많고 盧浪*한 자는 제 세워 두고 벗긴다네. 평양 물정 이렇다니 부디 장사 가지 마오.」

지성으로 만류하니 춘풍이 하는 말이,

「나도 또한 사람이지. 이십년 전 패가하고 원통하기 골수에 박혔으니 千金盡散還復來라 하였으니, 낸들 매양 패가할까. 속속히 다녀옴세.」

춘풍 아내 이른 말이,

「연전에 致敗*하여 일푼전 일두속을 참견 아니 할 뜻으로 鄙夫*之子라 수기 써서 내 함롱에 넣었거던 그 사이 잊었는가. 의식을 내게 믿고 편안히 앉아 먹고 부디부디 가지 마오.」

＊박물군자 : 온갖 사물에 정통한 사람.
＊분벽사창 : 하얗게 꾸민 벽과 깁으로 바른 창이라는 뜻으로 아름다운 여자가 거처(居處)하는 곳.
＊단순호치 : 단순과 호치. 붉은 입술과 흰 이의 뜻으로, 썩 아름다운 여자의 얼굴 모양. 미인의 용모. 주순호치(朱脣皓齒).
＊청가 : 맑은 목소리로 부르는 노래.
＊허랑 : 언행이 허황하고 착실하지 못함.
＊치패 : 살림이 결단남.
＊비부 : 비루(鄙陋)한 남자.

춘풍이 이 말을 듣고 대노하여 어질고 착한 아내 머리
채를 縇廛(선전)* 市廛(시전)* 비단 감듯 床廛(상전)*시전 연줄 감듯, 사월 초
파일 등대 감듯 뱃사공의 닻줄 감듯 휘휘칭칭 감아 쥐
고 이리 치고 저리 치며,
「천리 遠征(원정) 장사 길에 요망한 계집년이 잔말을 이리 하
니, 이런 변 또 있는가.」

제 아내 윽박지르고 집안 재물 다 떨어서 말에 싣고 떠
날 적에 불쌍하다, 춘풍 아내 아무리 한들 말릴소냐. 무
간할러라.

이 때 춘풍이 이천 오백냥 삿말 내어 실어 놓고 발행할
제, 좋은 말 반부담에 가추 차려 虎皮(호피) 돋움 높이 하고
내려간다.

의기양양 내려갈 제 延韶門(연소문) 얼른 지나서 舞鶴峴(무학재)* 얼른
지나 평양 길 내려갈 제, 青石洞(청석동) 다다르니 정신이 灑落(쇄락)
하여 좌우 산천 바라보니, 이 때 춘삼월 호시절이라. 골
고을에 꽃은 날려 청파에 던지고 垂楊(수양)*은 千萬絲(천만사)에 黃鶯(황앵)
이 날아들고 온갖 산수 구경한다. 황성 천도 벽사월에
창오원 중 늙은 고목 주유 낙일 절벽간에 님을 그려 상
사나무, 옥조 중랑 축분 춘하 이월중난 계수나무, 層巖絶(층암절)
壁(벽)에 펑퍼진 盤松(반송)나무*, 늘어진 楊柳(양류)는 춘풍에 흥겨워서
우줄우줄 춤을 춘다.

또 한편을 바라보니, 무슨 짐승 노닐더냐. 春鴽(춘알) 새랑

---

* 선전 : 비단을 팔던 가게. 한양(漢陽)이 도읍(都邑)으로 정하여진 뒤, 이
   전이 가장 먼저 섰으므로 서울의 백각전(百各廛). 육주 비전(六注比
   廛)의 으뜸이며, 유분전(有分廛)으로 국역(國役)의 십분(十分)을 부
   담함. 입전(立廛).
* 시전 : 장거리의 가게. 시사(市肆).
* 상전 : 잡화(雜貨)를 팔던 가게.
* 무학재 : 평안북도 강계군(江界郡)에 있는 재.
* 수양 : 수양버들.
* 반송나무 : 키가 작고 가지가 옆으로 퍼진 나무.

倉庚새*는 피는 꽃을 따려 하고 布穀鳥*는 崔春種. 춘풍은 가는 말을 재촉하고 玉洞桃花 萬水春은 가지가지 봄빛이라. 피는 꽃 푸른 잎은 산색을 가리우고, 나는 나비와 우는 새는 봄철을 희롱한다.

洞仙嶺을 바삐 넘어 黃州 兵營 구경하고, 中和로 평양을 바라보고 兄弟橋를 얼른 지나고 十里長林을 지나 대동강을 다다라서 모란봉 쳐다보니, 그 아래 부벽루 둘러 있고 물색도 좋을시고. 대동문 練光亭 제일 강산이 여기로다. 기자, 단군 이천년의 普通門 遺傳일다. 정자도 좋거니와 영명사 극히 좋다. 성내에 들어서니 인가도 번성하고 물색도 번화하다.

춘풍의 거동 보소, 최성루 돌아들어 좌우 산길 구경하고 또 한편 바라보니 옛 마음이 절로 난다. 이런 변이 또 있는가. 청루 앞을 썩 지나서 객사 동편 주인하고 열두 바리 실어 온 돈 차례로 들여 놓고 삼사일 유숙하며 물정을 살피더니, 일일은 난간에 의지하여 한 집을 바라보니 집 치레도 좋거니와 저 집 주인 거동 보소. 평양 일색 秋月이라, 얼굴도 일색이요, 노래도 명창이요, 연광*은 십오세라. 성중의 豪傑客〔호걸손〕과 팔도의 소년 閑良 한번 보면 수삼백씩 쓰기를 물같이 쓰는구나. 이 때 서울 부상 대고 이 춘풍이 수천 냥 싣고 와서 뒷집에 주인했단 말을 듣고 추월이 넌짓 춘풍을 홀리려고 碧溪水 청류상에 紗窓을 반개하고 표연한 교태로 綠衣紅裳 다시 입고 천연히 앉은 모양 춘풍이 얼른 보니 얼굴 태도 青天明月 같고, 모란화 아침 이슬에 반쯤 핀 형상이요, 그 절묘한 맵

---

* 창경새 : 꾀꼬리.
* 포곡조 : 뻐꾸기.
* 연광 : 젊은 나이.

시는 해당화가 그늘 속의 그림이요, 月宮*의 姮娥*로다. 천생 생긴 태도는 앵도화가 무르녹고 峨眉山* 半輪月이 맑은 강에 비침 같고 西施가 復生이요, 楊貴妃 다시 온 듯 청루상에 홀로 앉아 梧桐腹板 거문고를 무릎 위에 얹어 놓고, 卓文君을 꾀어내던 司馬相如 鳳凰曲*을 둥흥 동 동지동당 타는 소리에 춘풍의 심신이 황홀하여 미친 마음 절로 난다. 제가 본디 계집이라 하면 화약 한 짐을 지고 모닥불에 보금자리 치고 괴발에 덕석이라. 일신의 정신 있는 대로 모두 그리 간다.

춘풍의 거동 보소. 좋은 의복 錦紗氈衣에 婚班* 찾듯, 자미시에 乞僧 찾듯, 삼국 풍진 요란할 제 漢宗室 劉皇叔이 臥龍先生 찾아가듯, 西王母 瑤池宴에 周穆王 찾아가듯, 渭水邊의 姜太公을 周文王이 찾아가듯, 孔明이 請兵하러 江東으로 찾아가듯, 陶淵明*이 潯陽으로 찾아가듯, 기러기 洞庭湖*로 찾아가듯, 꾀꼬리 楊柳木을 찾아가듯, 蜂蝶이 꽃밭을 찾아가듯, 孟嘗君*의 갈짓자 걸음으로 中門 안에 들어서니 추월의 거동 보소.

춘풍이 오는 양을 얼른 보고 玉顔을 번듯 들어 階下에

---

*월궁 : 달 속에 있다고 하는 궁전. 칠중(七重), 칠보(七寶)의 담과 은(銀), 청유리(靑瑠璃)의 누각(樓閣)으로 되어 있는데, 그 속에 월천자(月天子)가 부인과 함께 살며, 달의 세계를 통치한다고 함. 또 항아(姮娥)가 살고 있다는 아름다운 전설이 있음. 월궁전(月宮殿).

*항아 : 달 속에 있다는 선녀. 상아(嫦娥).

*아미산 : 중국 사천성(四川省) 서부에 있는 산. 중국 사대 명산(名山)의 하나임. 암동 영굴(巖洞靈窟)이 많고 우심(牛心), 복호(伏虎), 만년(萬年) 등 저명한 사적(史蹟)이 있으며, 피서지로 적당함.

*봉황곡 : 이조 때의 가사(歌辭)의 하나. 작자와 연대(年代)는 미상(未詳).

*혼반 : 서로 혼인을 맺을 만한 지체.

*도연명 : 중국 진(晉)나라의 시인. 심양(潯陽) 출생으로 이름은 잠(潛). 405년에 팽택(彭澤)의 영(令)이 되었으나 80여 일 후에 《귀거래사(歸去來辭)》를 남겨 두고 귀향.

*동정호 : 중국 호남성(湖南省) 북부에 있는 큰 호수.

*맹상군 : 중국 전국 시대 제(齊)나라의 공족(公族), 정치가. 성은 전(田), 이름은 문(文). 양객(養客)을 좋아하였는데, 진(秦)나라에 들어가 소왕(昭王)에게 피살될 뻔하였을 때에 식객 중의 두 선비에 의하여 위기를 면한 이야기는 유명함.

내려서서 춘풍의 羅衫을 휘어잡고 난간에 올라서서 좌우를 살펴보니 집 치레도 황홀하다. 사면 팔자 입 口자로 육간 대청 전후퇴에 이층 난간 맵시 있다.

　방 안을 살펴보니 角壯* 장판 小欄*반자* 국화 새긴 卍字窓*과 山水屛 雲霧屛의 美人圖가 아름답다. 黑畫로 竹葉 쳐서 벽장 문에 붙여 두고 원앙금침 잣베개를 자리장에 개어 놓고 粉壁柱聯 둘러보니 董仲舒*의 策文이며 諸葛亮의 出師表며 赤壁賦, 襄陽歌를 귀귀마다 붙였구나.

　놋촛대 광명두리 여기저기 놓여 있고 요강, 타구, 재떨이며 청동화로 소박화로 삼층들이 樺榴欌을 드문듬성 벌여 놓고, 벼루상의 양두머리 장목비며 용담, 백담, 화문석에 계자다리 옷걸이 좋은 의상 내려 두고 추월의 거동 보소.

　秋波를 반만 들어 영접하여 앉은 모양 아리땁고 고운 태도 八字春山 두 눈썹에 반분대를 다스리고, 삼단 같은 채머리를 휘휘슬슬 흘려 빗겨 金鳳釵로 단장하고, 의복 치레 볼짝시면 白紡絲 水禾紬 고장바지, 무명주단 단속곳, 세백 수화주 너른 바지, 통명주 깨끼적삼, 남대단 홑단치마 잔살잡아 떨쳐 입고 노리개를 범연할까. 이궁전 인물향과 蜜花佛手 금도끼를 줄룩줄룩 얽어 차고 白紬

---

*각장 : 아주 두꺼운 장판지.
*소란 : 문지방이나 소반 같은 데에 나무를 가늘게 오려 돌려 붙이거나 제 바탕을 파서 턱이 지게 만든 물건.
*반자 : 방이나 마루의 천장을 평평하게 만들어 놓은 시설. 거기에 사용하는 자료와 모양에 따라 목반자, 빗반자, 소란 반자, 장반자, 우물 반자, 지반자, 철반자, 토반자, 평반자 등의 여러 가지로 구별됨.
*완자창 : 「卍」자 모양의 창살이 있는 창. 만자창.
*동중서 : 중국 전한(前漢)의 유학자. 광천(廣川) 출생. 호는 계암자(桂巖子). 춘추 공양학(春秋公羊學)을 수학하여 하늘과 사람의 밀접한 관계를 강조하였음. 무제(武帝)는 그의 의견을 받아들여 유교를 국교로 제정하였음. 저서는 《춘추 번로(春秋繁露)》 등.

176

禾紬 겹버선에 도리불숙 唐鞋* 날 출자로 제법 신고, 단
순 호치 반개하여 웃는 양은 春風桃李 花開時에 반만 핀
紅蓮일다.

纖纖玉手*로 全羅道 鎭安草에 平安道 三登草를 설설
펴서 얼른 담아 청동화로 백탄 숯불 불붙여서 춘풍전에
드릴 적에 향내가 진동하니 춘풍이 받아 물고 하는 말
이,

「나도 경성에 생장하여 청루미색 결연하다가 여기를 내
려와서 客懷가 적막키로 가련금야숙창가니 娼家少婦
不羞賓하라. 동작의 생황진을 네 들을소냐.」

하니, 추월이 잠깐 웃고 여쭈오되,

「遠路 경성에 평안히 오시니까. 뒷집에 사처하여 사오일
유숙하되 어이 그리 더디던고.」

이 말 저 말 다 버리고 추월이 분부하되, 酒饌을 차려
올 제 국화 새긴 統營盤*에 주전자 들여 놓고 조로록 엮
은 홍합, 생선찜, 五花糖 사탕, 橘餅, 당대추며 반달 같
은 개피떡과 먹기 좋은 꿀합떡과 보기 좋은 花煎에 산
승* 웃기*로 고여 놓고 꺽꺽 우는 生雉* 들여 정월맏배
영계찜을 곁들이고, 玳瑁 羊角 큰 접시에 현초초 전복을
갖추어 곁들이고 어희, 겨자, 초장, 생청을 틈에 끼워
놓고 청실례 홍실례 벗긴 생율, 접은 蹲柿* 은행, 대추

＊당혜 : 울이 썩 깊고 작은 가죽신의 한 가지. 앞뒤에 당초문(唐草紋)을 새
　긴 마른 신인데 남녀가 다 이것을 신음.
＊섬섬옥수 : 가냘프고 고운 여자의 손.
＊통영반 : 경상남도 충무시에서 만드는 소반.
＊산승 : 찹쌀가루를 반죽하여 얇게 밀어 모지거나 둥글게 만들어 기름에 띄
　워 지진 떡.
＊웃기 : 합이나 접시 등에 떡을 담고 그 위에다 모양을 내기 위해 얹는 떡.
　주악, 돈전병, 오입장이떡, 산병(散餅), 색절편 등 여러 가지가 철따
　라 있음. 웃기떡.
＊생치 : 죽은 꿩, 익히지 아니한 꿩.
＊준시 : 꼬챙이에 꿰지 않고 납작하게 말린 감.

청포도, 흑포도며 머루, 다래, 유자, 석류, 감자, 능금,
참외, 수박을 갖추어 왔는데, 瓶 치레를 볼짝시면 碧海
上의 거북병과 목 옴츠러진 자라병과 만경창파 오리병,
왜화병, 당화병, 일출병, 율출병을 갖추어 벌여 놓고,
술 치레를 볼짝시면 이 태백의 포도주며 陶淵明의 국화
주며, 安期生의 過夏酒며 석 달 열흘 백일주며 소주, 황
소주, 일년주, 桂當酒*, 甘紅露, 향기로운 蓮葉酒*를 갖춰
놓았는데, 鸕鷀杓 鸚鵡杯에 섬섬옥수로 졸졸 퐁퐁 가득
부어 춘풍에게 드리거늘, 춘풍이 하는 말이,
　「평양이 小江南으로 들었으니 권주가나 들어 보세.」
　추월이 단순을 반개하여 청가 일곡으로 권주가를 부를
적에,
　「잡으시오 잡으시오, 이 술 한 잔 잡으시오. 백년 삼
만 육천일 살아서도 憂樂中分未百年이니, 권할 적
에 잡으시오. 인생 백년 못 살 인생, 아니 놀고 어이
할까. 이 술이 술이 아니라 漢武帝의 承露盤*에 이슬
받은 것이오니, 쓰나 다나 잡수시오. 逆旅의 乾坤*에
草露 같은 우리 인생 한번 돌아가면 뉘라 한번 먹사오
리. 살았을 제 먹사이다.」
　춘풍이 받아 먹고 흥에 겨워 노는구나.
　「추월 춘풍 연분 맺어 한가지로 놀아 갈까.」
　추월이 대답하되,
　「李白桃紅柳綠時에 春風도 좋거니와 露白風淸黃菊時에
秋月이 밝았으니, 춘풍이 좋을씨고. 진실로 그럴 양이

---

*계당주 : 계피(桂皮)와 당귀(當歸)를 넣어 만든 소주.
*연엽주 : 찹쌀과 누룩을 버무려 연잎에 싸서 빚은 술.
*승로반 : 한(漢)나라의 무제(武帝)가 감로(甘露)를 받기 위하여 건장궁(建
　　章宮)에 만들어 두었던 동반(銅盤).
*역려의 건곤 : 마치 여관과 같은 이 세상.

면 추월 춘풍 놀아 볼까.」

춘풍이 추월 두고 次韻하였으되,

「峨眉山半輪月, 到記迎門良秋月, 北堂夜夜人事月, 洞庭月, 關山月, 黃山陵明月, 吳州에 如見月, 이월 삼월뿐이로다. 月白風靑 如此良夜에 나는 춘풍이요 너는 추월, 우리 둘이 배필 되어 천지가 변하기로 風月이야 변할소냐.」

추월이 대답하되,

「서방님은 月子韻을 달았으니 나는 風子韻을 달아 볼까. 洙水山에 西北風, 洛陽城에 見秋風, 萬國兵前 草木風, 巫峽長醉 萬里風, 楊柳垂絲 滿江風, 吹笛江山 樂園風, 三月花信風, 동지 섣달 설한풍, 이제 風字 다 버리고 추월 춘풍 배필 되어 대동강이 마르도록 추월이야 변할손가. 좋을씨고 좋을씨고 청풍명월 야삼경에 兩人心事 兩人知라. 花柳蜂蝶 좋은 緣分 어이 인제 만났는고.」

춘풍이 대희하여 생증장액수고란 호취개럼접쌍연이더라.

허랑한 이 춘풍이 장사에 뜻이 없고 이날부터 이천 오백냥을 마음대로 쓰는구나. 長醉不醒 맑은 소리로 일삼으며 주야로 노닐거늘, 추월이는 수천냥을 홀리려고 교태하여 이른 말이,

「통한단 雙文絹 도리 佛手 綾羅緞 초록 저고리감만 날사 주오. 은죽절 금봉채 가진 노리개 날 해주오. 두리소반 주전자 화로 양푼 대야 날 사 주오. 東萊 飯床 安城 鍮器 구첩 반상 실굽다리 날 사 주오. 요강 타구 새옹 남비 청동화로 날 사 주오. 백통대 은대 금대

수복 담뱃대 날 사 주오. 延安 白川 上上米로 밥쌀하
게 팔아 주오. 東萊 蔚山 長藿海衣 날 사 주오.」

온가지로 헤어 내니 허랑한 이 춘풍이 一毫나 사양할
까. 수천여 냥 돈을 비일비재 내어주니, 청산유수 아니
어든 오랠손가. 일년이 못다 가서 囊橐*이 비었구나. 철
없는 춘풍이 의식을 염려없이 추월에게 붙여 두고 배부
르게 자빠져서 추월의 간교를 추호나 알손가.

추월이 거동 보소. 춘풍의 재물을 빼앗고 괄세하여 내
친다. 슬픈 거동 가련하다. 만나 보면,

「내 눈에 보기 싫다.」

석경 면경 헷던지며 생중내어 구박할 제, 城外 城內 한
량에게 의논하되 들경막의 장작인가 典當집의 은촛댄가,
썩은 나무 박힌 뿌리런가. 이러할 줄 몰랐던가.

「어디로 갈랴시오, 노자가 부족하면 한대나 보태시오.」

돈 한 돈 내어주며 바삐 나가라 재촉하니, 춘풍의 거동
보소. 분한 마음 폭발하여 추월에게 하는 말이,

「우리 둘이 갓만나서 鴛鴦衾枕* 마주 누워 不願相離 굳
던 언약 태산같이 언약하여 대동강이 마르도록 떠나가
지 말래더니, 이렇듯 깊은 맹세 농담인가. 이제 이 말
웬 말인가.」

추월이 이 말 듣고 변색하여 하는 말이,

「이 사람아, 내 말을 들어 보소. 청루 물정 몰랐던가.
장 낭부, 이 낭청도 東家食 西家宿* 하고 路柳墻花*는

---

*낭탁 : 자기가 차지한 물건.
*원앙금침 : 원앙(鴛鴦)을 수놓은 이불과 베개.
*동가식 서가숙 : 옛날 중국의 어떤 계집이 재물이 많고 음식이 훌륭한 동
　　쪽 집에서 먹고, 아름다운 사내가 있는 서쪽 집에서 자기를
　　원하였다는 이야기에서 나온 말.
*노류장화 : 누구든지 꺾을 수가 있는 길가의 버들과 담 밑의 꽃이라는 뜻
　　으로 창부(娼婦)를 가리키는 말.

人皆可折이라. 평양 기생 추월 성식 몰랐던가. 자네가 가져온 돈냥 혼자 먹던가.」

이같이 구박하여 등 밀치며 어서 바삐 가라 하니, 춘풍이 분한 중에 탄식하며 전면 기둥 비켜 서서 이리저리 생각하니 한심하고 가련하다. 집으로 가자 하니 無面渡江東*이요, 처자도 부끄럽고 또한 막중 호조 돈 이천냥을 내어다가 한푼 없이 돌아가면 禁府獄에 가두고 주장대로 지르면 속절없이 죽겠으니 서울로도 못 가겠고, 동서 구걸하자니 그도 또한 못 하겠고, 불원천리 가자니 노자 한푼 없으되 그도 또한 못 하겠다. 이를 장차 어찌하리. 이럴 줄을 몰랐던가. 후회 막급 창연하다. 대동강 깊은 물에 풍덩 빠져 죽자 하니 그도 차마 못 하겠고, 석자 세치 지자 수건 목을 매어 죽자 하니 이도 차마 못 하겠네. 답답한 이내 일을 어찌하면 옳단 말인고. 평양 성내 걸인 되어 이 집 저 집 빌자 하니 노소 인민 아동 주졸 이놈 저놈 꾸짖으니 걸식도 못 하리라. 어디로 가잔 말인가. 이리저리 생각하다가 추월 앞에 나가 앉아 간절히 비는 말이,

「추월아, 추월아, 내 말 잠깐 들어 봐라. 우리 조선이 人情之國이어든 어찌 그리 박절한가. 날 살리게 날 살리게. 내가 자네 집에 도로 있어 물이나 긷고 불 使喚이나 하고 있으면 어떠할꼬.」

추월이 거동 보소. 눈을 흘겨 보면서,

「여보소 이 사람아, 자네가 전 행실을 못 고치고 「하네」 소리 하려면 내 집 다시 있지 마소.」

이렇듯이 구박하니 춘풍이 하릴없어 「아가씨」 말이 절

---

*무면 도강동 : 일에 실패하여 고향에 돌아갈 형편이나 면목이 없음.

로 나고 존대가 절로 난다.

춘풍이 이날부터 추월의 집 사환하는 일 生不如死(생불여사)라 가련하다.

그렁저렁 지낼 적에 土狀(토상)바랑 懸鶉百結(현순백결)*로 이리저리 다닐 적에 거동 볼짝시면 종로의 상거지라. 조석 먹는 거동 보면 이 빠진 헌 사발에 누른 밥에 토장덩이 제격이라. 수저도 없이 뜰 아래나 부엌에서 먹는 거동 제 신세 스스로 생각하니 목이 메어 못 먹겠네. 주야로 한량들은 청산에 구름 모이듯 水陸齋(수륙재)*에 老僧(노승) 모이듯, 開城府(개성부)에 장사 모이듯 추월의 집으로 몰려 와서 온갖 희롱 다하면서 좋은 술 별 안주에 杯盤(배반)이 낭자하며 청가일곡 화답하여 한창 이리 노닐 적에, 이 때 춘풍 거동 보소.

뜰 아래서 방 안을 엿보니 눈에는 풍년이요 입에는 흉년이라. 제 신세를 생각하고 노래하되,

「세상사 가소롭다. 나도 경성 장부로 왈자 벗님 醉談(취담)하여 청루미색 가무 중에 수만금을 허비하고, 또 왜 시골 내려와서 주인을 작첩하여 불원생리하겠더니 이 지경이 되었으니 세상사 가소롭다.」

이 때 엄동이라 日落西山(일락서산)하고 바람은 솔솔하고 월색은 조용한데,

「울고 가는 저 기럭아, 내 진정을 들어 보고 내 고향에 전하여라. 우리 처자 그리워라, 나를 그려 죽었는가 살았는가. 이리저리 생각하니 대장부 일촌 간장 봄 눈 슬 듯 하는구나. 그런 정 저런 정 다 버리고 전에 하던 가사나 하여 보세.」

＊현순백결 : 가난하여 옷이 갈갈이 찢어진 것을 가리키는 말.
＊수륙재 : 불가(佛家)에서 수륙(水陸)의 잡귀(雜鬼)를 위하여 재(齋)를 올리며 경문(經文)을 읽는 일. 수륙회(水陸會).

182

梅花打令한다.

「매화야 옛 등걸에 봄철이 돌아온다. 피엄즉도 하다마
는 백설이 분분하니 피지 말지. 어화 세상사 가소롭다.」

이 때 추월의 방에 놀던 한량들이 노래를 듣고 의심하
니, 추월이 무색하여 하는 말이,

「내 집의 사환하는 놈이, 서울 이 춘풍이라 하는 놈이
소리를 하니 신청치 말으소서.」

한량들이 이 말 듣고 하는 말이,

「서울 산다 하니 불쌍하다.」

하고 술 한 잔 가득 부어 주니, 춘풍이 渴之又渴하여 받
아 먹으니 가련하더라.

却説, 이 때 춘풍의 처 가장을 이별하고 백가지로 생
각하며 주야로 탄식하는 말이,

「멀고 먼 큰 장사에 소망 얻어 평안히 돌아오기 천만
축수 기다리오.」

하되, 춘풍이 아니 오고 풍편에 오는 말이 서울 사는 이
춘풍이 평양 장사 내려가서 추월을 작첩하여 호강으로 노
닐다가 수천금 재물 다 없애고 추월에게 구박맞아 사환
한단 말을 듣고 가슴을 두드리며 통곡하는 말이,

「애고 애고 이 말이 웬말인고. 슬프다, 이내 가장 날
과 같이 만났건만, 어이 그리 허랑한고. 청루미색에 한
번 치패도 어렵거든, 천리 타향에 莫重國錢을 대.돈변
으로 내어 가지고 또 낭패하단 말인가. 애고 답답스런
지고. 뉘를 바라고 살잔 말인가. 전생에 무슨 죄로 여
자가 되어 나서 가장 한번 잘못 만나 평생 고생하는구
나. 이내 팔자 이대도록 되었는가. 어찌하여 살잔 말
인가. 박명한 이내 팔자 도망하기 어렵도다. 종남산 다

다라서 물명주 질긴 수건 한 끝은 나무에 매고 한 끝은
목에 매어 죽고지고. 여자가 되어 나서 이런 팔자 또
있는가. 閻魔國* 十前大王 餓鬼使者 빨리 보내어 내 목
숨을 잡아 가오.」

이를 갈며 하는 말이,

「평양을 찾아가서 추월의 집 찾아 내어 추월의 머리채
를 감아 쥐고 춘풍에게 달려들어 허리띠에 목을 매어
죽으리라.」

악을 내어 울다가 도로 풀쳐 생각하되,

「이리도 못 하리라. 어이하여 사잔 말가. 내 가장을 데
려다가 살릴지라도 어찌하리오. 아무리 생각하여도 할 수
가 전혀 없다. 소년에 패가하여 일신을 돌아보지 아니하
고 주야로 품을 팔아 전곡 빚을 갚은 후에 의식 걱정 아
니하고 우리 양주 백년 화락하쟀더니, 원수로다 원수
로다 평양 장사 원수로다.」

이렇듯이 지내더니, 뒷집의 參判宅이 있으되 노대감은
돌아가고 맏자제 문장으로 소년 급제하여 갖은 淸宦*다 지
내고 참판으로 근년에 평양 감사 副望*으로 불구에 평양
삼사 한난 날 듣고 춘풍의 처 세교를 생각더니, 그 댁이
빈한하여 국록을 타서 수다 식구 사는 중에 그 대부인 있
단 말을 듣고 침재품을 얻으려고 그 댁에 들어가니, 후
원 별당 깊은 곳에 참판의 대부인 평상에 누워 형세 가
난키로 식사도 부실하고 초췌하다. 춘풍 아내 생각하되,

「이 댁에 붙이어서 가장을 살려내고 추월을 설치하여 보

---

*염마국 : 염라 대왕(閻羅大王)이 다스리는 저승. 염라국(閻羅國).
*청환 : 학식 문벌이 높은 사람이 하던 규장각(奎章閣), 홍문관(弘文館),
    선전 관청(宣傳官廳) 등의 벼슬. 지위와 봉록(俸祿)이 높지 아니하나
    뒷날에 높이 될 자리임.
*부망 : 삼망(三望) 속에서 둘째로 가는 사람.

리라.」

마음을 단단히 먹고 침재품을 힘써 팔아 얻은 돈냥 다 들여서 참판댁 대부인 조석 진지 차려 가니, 부인이 의외에 때마다 받아 먹고 감지덕지하여 생각하되,

「이 깊은 은혜를 어찌할꼬.」

주야로 근심하더니, 하루는 춘풍의 처더러 이르는 말이,

「네가 형세도 어렵고 침재품으로 살아간다 하는데, 날마다 茶啖床을 지어 오니 먹기는 좋다마는 도리어 불안하다.」

춘풍 아내 여쭈오되,

「소녀 집에 음식 있어 혼자 먹기 어렵삽기로 마나님 잡수실까 하와 드린 것이옵더니 황송하여이다.」

대부인이 이 말 듣고 매일 사랑하고 기특히 여겨 못내 생각하시더라.

일일은 참판 영감 문안하고 여쭈오되,

「요사이 무슨 좋은 일이 계신지 화기 滿顔하시오니까.」

대부인 말씀하되,

「앞집의 춘풍의 처가 좋은 음식 다담상을 연일 차려 오니, 내 기운 절로 나고 그 계집의 정성 감격하다.」

참판이 이 말 듣고 춘풍의 처를 청하여 보고 치사하니 더욱 기특히 보고 매일 사랑하더라.

천만 의외에 참판 영감이 평양 감사를 하였구나. 희희 낙락 즐길 적에 춘풍의 처 대부인께 온공히 여쭈오되,

「이번에 천은으로 평양 감사하였으니 이런 경사 없사이다.」

대부인이 말씀하되,

「나 평양 가려 하니 너도 함께 내려가서 춘풍이도 찾아 보고 구경이나 하는 것이 어떠하뇨.」

춘풍의 처 여쭈오되,

「소녀는 고사하고 오래비 있사오니 裨將 한못 주시기 바라나이다.」

대부인 이 말 듣고,

「네 청이야 아니 들을소냐.」

하고 감사께 통기하니 감사 허락하고,

「제가 비장할 양이면 바삐 거행하라.」

하니, 춘풍의 처 없는 오래비 있다 하고 제가 손수 가려고 여자 의상 벗어 놓고 남자 의복 치장한다. 외올 網巾, 玳瑁貫子, 당줄 졸라 질끈 쓰고 게알 같은 제주 宕巾, 삼백 쉰 돌임 계양태 제모입에 엿돈 오 푼짜리 銀鉤纓子 珊瑚格子 두 귀 밑에 달아 놓고 通海氈의 三升버선, 쌍코신에 쥐눈징을 다문다문 그어서 맵시 있게 지어 신고 兩色緞 웃저고리, 자개 묘초 양등거리, 양피두루마기, 熙川紬 겹氅衣에 甲紗快子 將牌 띠로 흉당을 눌러 띠고, 臈皮* 獤皮 만선두리 주귀 담숙 눌러 쓰고, 玳瑁粧刀 내 외고름 비껴 차고 瀟湘斑竹 왜금선을 이궁전선 초달과 한삼소매 늘어지게 쥐고 흐늘흐늘 걸어가는 거동 황홀한 귀남자라. 감사 댁에 들어가서 하인을 단속하고 황혼을 기다려서 다담상 별로 차려 대부인께 드릴 적에 복지하여 여쭈오되,

「춘풍의 처 문안드리나이다.」

부인이 경아하여 왈,

---

*서피 : 담비 종류 동물의 모피에 총칭. 품질에 세 등급이 있는데, 상등은 검은 담비의 모피인 「잘」, 중등은 노랑가슴 담비의 모피인 초서피(貂鼠皮)와 노랑담비의 모피인 돈피, 하등은 흰담비의 모피인 백초피임.

「춘풍의 처면 남복은 무슨 일인고.」

비장이 여쭈오되,

「소녀 지아비 방탕하여 청루에 오입하여 두세 번 패가하고, 호조 돈 이천냥을 대돈변으로 얻어 내어 평양 장사 가서 추월을 작첩하여 주야로 즐기다가 이천 오백 냥 돈을 달리 한푼 아니 쓰고 추월에게 다 없애고 추월의 집 사환 되었다 하옵기로 소녀의 마음이 매양 절통하옵더니, 천행에 사또 덕택으로 비장이 되어 내려가서 추월도 설치하고 戶曹 돈 收刷하고 지아비 데려다가 백년 동락하게 되면 마나님 덕택이니 의심 없이 하옵소서.」

대부인 聽畢에 대소왈,

「네 말이 그러하니 불쌍하고 가련하다. 소원대로 하여 주마.」

이 때 마침 감사 안에 들어오다가 이 거동 보고 대노하여 호령하되,

「이놈이 어떤 놈이관데 임의로 대청에 출입하니 저놈을 바삐 결박하라.」

천둥같이 분부하니, 대부인이 웃으며 감사더러 춘풍의 처 소관사를 자세히 이르시니, 감사 대소하고 당장에 불러 올려 기특하다 칭찬하고 좌우를 불러 口外不出하라 하고 삼일 잔치 연후에 현신하니 감사 하나밖에 다 초면이라. 수군수군하는 말이,

「회계 비장 잘도 났다마는 수염이 없으니 그것이 험이로다.」

뉘 아니 칭찬하리오.

명일 발행하여 떠날 적에 기구도 찬란하고 위엄도 엄숙

하다. 빛 좋은 백마 등에 雙轎 獨轎 四人轎며 좌우 청장

호강 있게 내려갈 제, 先陪裨將 後陪裨將 冊房까지 치레

하고 虎皮 돋움 높이 타고 금선의 이군전은 일광을 가

리우고 평양으로 내려갈 제, 호사도 장할씨고.

吏房 戶房 禮房 首陪 引陪 通引 官奴 驛馬夫며 각청 房

子 軍奴 羅將이 좌우에 늘어서서 弘濟院을 바라보고 舊

把撥 막 지나 숫돌고개 얼른 넘어 坡州邑에 숙소하고 임

진강 다다라서 前後 蒼屏 둘러보니 보던 바 제일이라.

壬戌之秋 七月旣望에 蘇子瞻 놀던 赤壁江山 水閑境 여

기저기 구경하고 東坡驛 얼른 지나 長湍邑에서 中火*하

고, 취석교 건너가 소파에서 숙소하고 청석골 다다라서

좌우 산천 구경하니 辟除소리 勸馬聲*에 산천이 다 울린

다.

金川읍에서 중화하고 도저울 지나서서 웃고개 넘어서니

平山 땅이라. 앞고개 넘어서서 태백산성 바라보고 南昌

驛에 말을 먹여 蕊秀館 숙소하고, 홍주원 다다라서 병풍

바위 말을 몰아 九月山에 다다르니 산세도 기묘하다.

鳳山邑에서 중화하고 洞仙嶺 넘어서서 정방 산성 바라

보니 左右山城 경개 좋다. 수목이 우거지고 飛禽은 날

아들고 취태소리 더욱 좋다. 黃州兵營 숙쇼하고 진등에

말을 몰아 中和邑에 숙소하고 兄弟橋를 다다르니, 營本

府 官守들이 邑庭에 지대하여 도임차로 들어간다.

作隊* 大小官 현신하고 전배 비장 후배 비장 전후로 모

---

*중화 : 길 가다가 먹는 점심.
*권마성 : 임금이 말이나 가교(駕轎)를 탄 때, 또는 봉명 고관(奉命高官)이
나 수령(守令) 또는 그 부인(夫人)이 말이나 쌍교(雙轎)를 타고 행
차할 때 위세(威勢)를 더하기 위하여 그 앞에서 임금일 때는 사복
(司僕) 하인(下人)이, 그 밖의 경우에는 역졸(驛卒)이 가늘고 길게
부르는 소리.
*작대 : 대오(隊伍)를 지음.

시는데, 千摠이 作隊하여 軍門에 늘어서서 左靑龍 右白虎
에 동서남북 靑紅黑白 어지러이 늘어섰고, 길나장 군악대
새면 치는 소리 산천을 진동하고 六角* 풍류 吹打소리
더욱 좋다.

아름다운 미색들은 녹의홍상으로 좌우에 늘어섰고, 전
배 후배 비장들은 좋은 말에 높이 앉아 법제 있게 들어
갈 제, 長林을 다 지나서 대동강변 다다르니 녹수 청파
두 교산은 적벽강 큰 싸움에 龐士元의 連環計*로 육지같
이 모았는데, 대동문 들어갈 제 전후 좌우 구경꾼은 성
지위가 무너질 듯 초성루를 지나 객사에 현알하고 문에
들어가서 宣化堂에 坐起하고, 放砲三聲 후에 백여 명 기
생들이 낱낱이 현신한다. 사또 분부하되,

「비장 책방 다 현신하라.」

하더라.

일일은 사또께서 회계 비장더러 농담으로 조롱하되,

「각처 지방 책방까지 守廳을 두었으되 자네는 어이하
여 평양 같은 물색에 독수공방한다 하니, 그 말이 참말
인가.」

회계 비장 여쭈오되,

「소인은 소첩으로 사오년을 단방하와 색에 뜻이 없나
이다.」

회계 비장 숨은 회포 사또밖에 뉘 알손가. 기특히 여기
더라. 백사 더욱 진실하고 사또 날로 사랑하여 일마다 미
루어 맡기어 수삼 삭에 수만 냥을 상급하니 뉘 아니 칭
찬하리.

＊육각 : 북, 장구, 해금, 피리 및 대평소 한 쌍의 총칭, 육자비.
＊연환계 : 적(敵)에게 간첩을 보내어서 계교(計巧)를 꾸미게 하고, 그 사이
　　　에 자기는 승리를 얻는 계교.

190

이 때 회계 비장 춘풍 추월의 일을 염탐하여 자세히 듣고 하루는 비장이 추월의 집 찾아갈 제, 사또께 귀속하고 그년의 집 찾아가서 중문에 들어가니, 물통 지는 저 놈 형용도 참혹하고 모양도 가련하다.

蓬頭亂髮*헙수룩한 놈 낯조차 못 씻던가 추잡하기 그지없다. 삼년이나 아니 빤 옷 주루룩이 누덕여서 얽어 입고 앉은 것이 제 서방인 줄 알았으되, 춘풍이야 제 아내인 줄 어찌 알랴.

비장이 슬프고 분한 마음 서려 담고 추월의 방에 들어가니, 간사한 추월이 회계 비장 또 홀리려고 교태하여 수작하다가 각별히 다담상을 만반 진수로 차려드리거늘, 비장이 약간 먹는 체하고 사환하는 걸인을 내어 주며,

「불쌍하다, 네가 본대 걸인이냐 네 어찌 저 지경이 되었느냐.」

춘풍이 복지 대왈,

「소인도 경성 사람으로 이리 온 사정이야 어찌 다 여쭈오리까. 나으리 잡수시던 다담상을 소인 같은 천한 몸에게 주시니 은혜 감사무지하여이다.」

비장이 미소하고 처소에 돌아와서 수일 후에 사령 불러 분부하되, 춘풍을 잡아들여 형틀에 올려 매고,

「이놈, 네 들어라. 네가 이 춘풍이냐.」

춘풍이 대왈,

「과연 그러하오이다.」

「막중 戶曹*돈 수천냥을 가지고 사오년이 되도록 일푼 상납 아니 하니 戶曹關子 내어 너를 잡아 죽이라 하

---

*봉두난발 : 쑥대강이같이 흐트러진 머리털.
*호조 : 육조(六曹)의 하나로서, 호구(戶口), 공부(貢賦), 전곡(錢穀) 등에 관한 일을 맡았음.

였으니, 너는 그 돈을 다 어찌하였는다. 매우 쳐라.」

분부하니 사령놈이 매를 들고 십여 도를 重打하니, 춘
풍의 다리에 유혈이 낭자하거늘 비장이 보고,

「춘풍아, 네 그 돈을 어찌 없앴느냐. 바로 아뢰라.」

춘풍이 대왈,

「호조 돈을 가지고 평양 와서 일년을 추월과 놀고 나니
일푼도 없어지고, 달리 한푼 쓴 일 없삽나이다.」

비장이 이 말 듣고 이를 갈고 사령에게 분부하여 추월
을 바삐 잡아들여 형틀에 올려 매고 別笞杖 골라 잡고,

「일분도 사정없이 매우 쳐라.」

호령하여 십여 장을 重治하고,

「이년 바삐 다짐하라. 네 죄를 모르느냐.」

추월이 정신이 아득하여 겨우 여쭈오되,

「춘풍의 돈은 소녀에게 부당하여이다. 」

비장이 대로하여 분부하되,

「네 어찌 모르리오. 막중 호조 돈을 영문에서 물어 주
랴 본부에서 물어 주랴. 네가 먹었거든 무슨 잔말 아
뢰느냐. 너를 쳐서 죽이리라.」

朱杖대*로 시트번서,

「바삐 다짐하라.」

오십도를 중히 치며 서리같이 호령하니, 추월이 기가
막혀 혼이 질겁을 내어 죽기를 면하려고 아뢰되,

「國錢이 지중하고 관령이 지엄하니, 영문 분부대로 춘
풍의 돈을 다 물어 바치리이다.」

비장이 이르되,

「호조에 관자하여 너를 죽이려 하였으되, 네가 먼저 죄

---

*주장대 : 붉은 칠을 한 몽둥이. 주릿대 등 신장(訊杖)으로나 무기로 쓰임.

를 알고 돈을 몰수이 바치마 하니, 그런고로 너를 살
리나니 호조 돈을 子母之例*로 오천냥을 바치라.」
하니 추월이 여쭈오되,

「십일 말미만 주시면 오천냥을 바치리다.」

다짐 써 올리니 춘풍, 추월을 형틀에서 내려놓고 춘풍
더러 이르되,

「십일 이내에 오천냥 받아 가지고 서울로 올라오라. 내
가 유고하여 먼저 올라가니 뒤를 미쳐 올라와 댁을 찾
아오라.」

하니 춘풍이 황황하여 아뢰되,

「나으리 덕택으로 호조 돈을 다 수쇄하오니 은혜 백골
난망이로소이다. 서울 가서 댁에 먼저 문안하오리이
다.」

하고 여쭙더라.

비장이 사또께 여쭈되,

「추월 雪恥하고 춘풍도 찾삽고 호조 돈도 수쇄하오니
은혜 감축 무지하온 중 소인 몸이 외람히 존중한 처소
에 오래 있삽기 죄만하와 떠날 줄로 아뢰나이다.」

감사 그러히 여겨 허락하니, 이튿날 감사께 하직하고
상급한 돈 오만냥을 換錢 부쳐 놓고 떠나서 여러 날 만
에 집에 와 돈하고 환전도 찾은 후 남복도 벗어 놓고 춘
풍 오기 기다리더라.

이때 평양 비장으로 회계 비장을 겸하고 분부하여 추
월 잡아들여 돈 오천냥 바치라 하시니, 뉘 영이라 거역
할까. 성화같이 재촉하여 불일 내에 받아 가니, 춘풍이
비장 덕에 돈 받아 실어 놓고 갓, 망건, 의복 치레하여

---

*자모지례 : 일년간의 변리를 원금의 십분지이(十分之二) 이내로 정한 이율.

銀鞍駿馬 높이 타고 경성을 올라와서 제 집을 찾아가니,
이때 춘풍의 처 문 밖에 썩 나서서 춘풍의 소매 잡고 깜짝 놀라며 하는 말이,

「어이 그리 더디던고. 장사에 소망 얻어 평안히 오시니까.」

춘풍이 반기면서,

「그새 잘 있던가.」

춘풍이 이십아리 돈을 여기저기 벌여 놓고 장사에 남긴 듯이 의기양양하니, 춘풍 아내 거동 보소. 주찬을 소담히 차려 놓고,

「자시오.」

하니, 저 잡놈 거동 보소. 없던 驕態 지어 내어 제 아내 꾸짖으되,

「안주도 좋지 않고 술 맛도 무미하다. 평양서는 좋은 안주로 매일 장취하여 입맛이 높았으니 평양으로 다시 가고 싶다. 아무래도 못 있겠다.」

젓가락도 그릇 박고 고기도 씹어 버리며 하는 말이,

「평양 일색 추월이와 좋은 안주 호강으로 지내더니, 집에 오니 온갖 것이 다 어설프다. 호조 돈이나 다 셈하고 약간 전량 소쇄하여 전 주인에게 환전 부치고 평양으로 내려가서 작은집과 한가지로 음식을 먹으리라.」

그 거동은 차마 못 볼러라. 춘풍 아내 거동 보소. 춘풍을 속이려고 상을 물려 놓고 황혼시에 밖에 나가 비장 복색 다시하고 烏銅壽福* 花竿竹을 한 발이나 삐쳐 물고 대문 안에 들어서서 기침하고,

「춘풍 왔느냐.」

---

*오동수복 : 백통으로 만든 기구에 오동으로 「壽」나 「福」자를 받은 자형.

춘풍 자세히 보니 평양서 돈 받아 주던 회계 비장이라. 춘풍이 황겁하여 버선발로 뛰어 내달아 복지하여 여쭈오되,

「소인이 오늘 와서 날이 저물어 명일에 댁 문하에 문안코자 하옵더니, 나으리 먼저 행차하옵시니 황공만만하여이다.」

비장이 답왈,

「내 마침 이리 지나가다가 너 왔단 말 듣고 네 집에 잠깐 들렀노라.」

방 안에 들어가니, 춘풍이 아무리 제 안방인들 어찌 들어갈까. 문 밖에 섰노라니,

「춘풍아, 들어와서 말이나 하여라.」

춘풍이 여쭈오되,

「나으리 좌정하신 데 감히 들어가오리까.」

비장이 가로되,

「잔말 말고 들어오라.」

춘풍이 어쩌지 못하여 들어오니 비장이 가로되,

「그 때 추월에게 돈을 진작 받았느냐.」

춘풍이 왈,

「나으리 덕택에 즉시 받았나이다. 못 받을 돈 오천냥을 일조에 다 받았사오니, 그 덕택에 태산 같사이다.」

「그 때 맞던 매가 아프더냐.」

「소인에게 그런 매는 상이로소이다. 어찌 아프다 하리이까.」

비장이 왈,

「네 집에 술이 있느냐.」

춘풍이 일어서서 주안을 드리거늘, 비장이 꾸짖어 왈,

「네 계집은 어디 가고 내게 내외시키느냐. 네 계집 빨리 불러 술 준비 못 시킬소냐.」

춘풍이 황겁하여 아무리 찾은들 있을소냐. 들며 나며 찾아도 무가내라 제 손수 거행하니, 한두 잔 먹은 후에 취담으로 하는 말이,

「네 평양에서 추월의 집 사환할 제 형용도 참혹하고 거지 중 상거지라. 추월의 하인 되어 봉두난발 헌 누더기 감발버선 어떻더냐.」

춘풍이 부끄러워 제 계집이 문 밖에서 엿듣는가 민망하건마는 비장이 하는 말을 제가 막을손가. 좌불안석하는 꼴은 혼자 보기 아깝더라.

비장 왈,

「남산 밑 박 승지 댁에 가 술이 대취하여 네 집에 왔더니, 시장도 하거니와 解渴이나 하게 葛粉*이나 한 그릇 하여 오라.」

춘풍이 황공하여 밖으로 내달아서 아무리 제 계집을 찾은들 어디 간 줄 알리오. 주적주적하더라. 비장이 꾸짖어 왈,

「네 계집을 어디 숨기고 나를 아니 뵈는고.」

차왈피하니,

「너는 못 쓸소냐. 평양 일을 생각하여 보라. 네가 집에 왔다고 그리 체중한 체하느냐.」

춘풍이 갈분을 가지고 부엌에 나가서 죽 쑤는 꼴은 차마 우습더라. 한참 항적여서 쑤어드리거늘, 비장이 조금 먹은 체하고 춘풍을 주며,

「먹으라. 추월의 집에서 깨어진 한 사발에 누룽밥 토

―――――――――――――――――――――――――――――――――

*갈분 : 칡뿌리를 짓찧어 물에 가라앉히어 말려서 만든 가루.

장덩이에 이지러진 숟가락도 없이 먹던 생각하고 먹
으라.」

춘풍이 받아 먹으며 제 아내가 밖에서 다 듣는가 속으
로 민망히 여기더라.

비장이 왈,

「밤이 깊었으니 네 집에서 자고 가리라.」

하고 의복과 갓 망건을 벗으니, 춘풍이 감히 가란 말은
못 하고 속마음으로 해포 만에 그리던 아내 만나서 잘 잘
까 하였더니, 비장이 잔다 하니 속으로 민망히 여기더라.

관망 탕건 벗어 웃옷을 훨훨 벗은 후 일어서니 완연한
제 계집이라. 춘풍이 깜짝 놀라 자세히 보니 제계집이라.
춘풍이 어이없어 묵묵무언 앉았으니, 춘풍의 처 달려들
으며,

「이 사람, 인제도 나를 모르시오.」

춘풍이 그제야 아주 깨닫고 깜짝 놀라며 두 손을 마주
잡고,

「이것이 웬일인가. 평양 회계 비장으로서 지금 내 아내
될 줄 어이 알리. 이것이 생시인가 꿈인가 태중인가,
귀신이 내 눈을 어리어 이러한가.」

하며 破鏡이 附合하여 원앙금침에 구정을 다시 이뤄 은
근한 정이 비할 데 없더라. 춘풍 하는 말이,

「어찌하여 평양 비장으로 내려오며, 또 내가 아무리 잘
못하였기로 가장을 형틀에 올려 매고 볼기를 친들 그
다지 몹시 치니, 그 때 자네 마음이 상쾌하던가.」

춘풍 처 답왈,

「그 때 자청하여 일푼전 일두속을 불부 착수할 뜻으로
맹세하고 수기 써서 내 함롱에 넣어 놓고 무슨 미친 마

음으로 호조 돈 수천냥을 내어 가지고 평양 장사 갈
제 말린다고 이리 치고 저리 치고, 가계도 한푼 없이
거지 된 생각하면 참판 댁 대부인께 판 돈냥으로 다담
상을 자주 하여 정성으로 대접하고, 비장으로 내려갈
제는 임자를 보게 되면 반만 죽이려 하였더니 만나 보
니 차마 불쌍하여 더 치지 못하고 용서하였거든, 사오
년 내 고생하던 생각하면 당신 맞던 매가 깨소금이오.」
하면서 내외가 서로 웃고 전후사를 서로 다 이르며 인하
여 호조 돈을 다 수보하고, 춘풍이 개과하여 주색잡기 전
폐하고 치가를 일삼아 형세도 요부하고 유자 생녀하고,
감사가 瓜滿하여 올라온 후, 안팎 없이 다니며 평생 신
을 끊지 않고 대대손손이 섬기더라.

〈필사본〉

金氏烈行錄

〔해 설〕 金氏烈行錄

——개화기의 번안소설을 낳게 한 작품

　한 여인의 열행(烈行)을 묘사한 윤리소설의 유형을 띠고 있
다. 분량은 얼마 안되지만 여인의 대담한 열행을 사실적으로
표현해 놓은 것으로 보아 후기에 나온 작품이 아닌가 한다.
　결혼 첫날밤 괴한으로부터 남편의 목을 잃게 되어 살인의
누명을 쓴다.
　남복을 하고 남편의 마을로 가서 잠복해 있다가 살인쟈를
잡고 보니 계모의 사주를 받고 저지른 사건임이 드러나 누명
을 벗는다. 이런 얘기는 여성으로서는 거의 불가능한 행동으
로서 독창적이며 계모형 가정소설의 유형을 띠고 있다고 볼
수 있다.
　시부(媤父)인 장공(張公)이 후처인 유씨와 쇼생을 방에 가
두고 집에 불을 놓아 전답문서를 며느리 김씨에게 주고 방랑
의 길을 떠난다는 플로트도 독창적이다. 김씨는 유복자를 낳
고 시아버지를 찾아 헤매다가 산사(山寺)에서 만나 최씨를 시
아버지의 후처로 맞아들이게 하는 등 극진한 효성과 다시 후
처 최씨의 음모에 의해 무고함을 곱씹으며 슬기롭게 대처해
나가는 것도 독창적이다.
　이밖의 플로트를 분석해 보아도 전부가 독창적이어서 우리
는 이 작품에서 모방 아닌 독창적 고전소설임을 알 수 있다.
개화기에 이해조(李海朝)의 〈구의산(九疑山)〉은 이 작품의 번
안소설이다.

김 씨 열 행 록
金氏烈行錄

화설, 조선 관동 땅에 일위 현사가 있으니, 성은 張(장)이
요 이름은 桂賢(계현)이니라. 世代(세대)로 관록이 끊이지 아니하고
가세가 一鄕(일향)에 거부이더라.

가택과 苑林(원림)은 보는 자로 하여금 欽羨(흠선)하며 전토와 공
물이며 가정에 유래하는 풍습과 時體(시체)에 새로운 聞見(문견)이 극
히 아름다와 부족한 바 없으니, 일향이 칭찬하고 복종하
지 아니할 자 없더라.

계현의 부친 형제가 늙도록 자녀를 두지 못하여 근심
하더니, 늦게야 아우가 일자를 낳으니 계현이라.

형에게 바쳐 종사를 잇게 하니 형제 중 아들이라. 대
소가에서 愛之重之(애지중지)하기를 주옥같이 하고, 日就月長(일취월장)하기
를 바라고 계현의 기골이 헌앙하며 면목이 활달하더니,
점점 자라 장성하매 총명 영리하며 渾厚鎭重(혼후진중)하여 부모

의 마음을 족히 위로할러라.

　칠팔세에 학업을 시작하매 聞一知十하여 식견이 일취
월장하니, 연기 成童에 문장이 숙성이라.

　차시 계현이 과거를 觀光할새 初試를 참례하고 경사
에 올라가 會試*를 응할새, 자작 자필하여 一天*에 先場
하고 장원으로 揮場이라. 童蒙進士로 성명이 진동하더니
차시 구가 대족 延氏家에서 요조숙녀를 두었으니, 太姙
太姒*의 덕을 가지고 孟姜*의 색과 재질을 겸하였으니,
선녀가 하강한 듯 인간에 짝이 없을까 근심하더라.

　나이 십오세에 미치매 그 부모가 배필을 광구하되 합
의한 곳이 없으매 佳郎을 얻지 못하여 걱정하더니,　이
때 장원한 진사 장계현이 동몽으로 문장과 지식이 출중
함을 듣고 급히 형용을 본즉 현현한 기상이요,　玉骨仙
風이라.

　연씨가 장씨가로 통혼한즉　장씨가 과분함을 사양하니,
연씨가 수삼차 은근한 뜻으로 청혼하거늘,　서로　허락하
고 혼례를 이루니　진실로 窈窕淑女요 君子好逑더라.

　두 집이 만심 환희하여 즐김을 이기지 못하더니, 차시
계현이 翰林 玉堂을 다 지내고　즉시 벼슬을 사양하고 글
을 읽어 학업을 닦은 후 출사하기를 上表하니,　상이 기
특히 여기시어 특별히 수년 말미를 주시니, 계현이 천은
을 축사하고 고향에 돌아온즉, 이로부터 연씨 부인과 夫婦
之樂이 지극하고 孝奉舅姑하기를 힘쓰더니, 연씨가 홀연
태기가 있어 십삭 만에 일개 옥동을 낳은즉,　부모의　즐

---

*회시 : 문무과(文武科) 과거(科擧) 초시(初試)의 급제자가 서울에 모여 다
　시 보는 복시(覆試).
*일천 : 과거에서 맨 먼저 바치는 글장.
*태사 : 주나라 문왕의 비(妃). 현부인으로 유명하며 문모(文母)라 일컬음.
*맹강 : 만리장성의 역사에 얽힌 비극적인 전설의 여주인공.

거움과 가중 영화를 어찌 다 이르리오. 상하 내외가 일심으로 共樂(공락)하니, 자연히 집안에 화기가 애애하여 鄉堂(향당) 사람이 悅服(열복)하지 않을 이 없더라.

연씨 소생이 차차 장성하매 이름을 甲俊(갑준)이라 하고 掌中寶玉(장중보옥)같이 사랑하여 세월을 보내더라.

興盡悲來(흥진비래)하고 樂極哀生(낙극애생)은 만물의 상사라. 이때 장공이 우연 득병하여 계현 부부가 주야로 救孝(구효)하나 하늘도 무심하여 一朝(일조)에 구몰하매, 계현이 천지 아득하다가 정신을 진정하여 山地(산지)를 택하여 안장하고 제례를 지성으로 하여 擧喪之節(거상지절)이 극히 哀戚(애척)할새, 연부인이 또한 부덕을 갖추어 內庭(내정)을 다스려 奉祭祀接賓客(봉제사접빈객)을 극진히 하며 姻婭戚堂(인아척당)의 환심을 깊이 얻고 내외 비복에게도 恩威(은위)하여 가도가 정제하니, 이러한고로 夫和婦順(부화부순)하여 琴瑟之樂(금슬지락)이 비할 데 없더라.

계현이 연부인이 아니면 좌우 수족을 용납치 못할 줄 알며, 아자 갑준이 일취 월장함을 사랑하여 나이 십여 세 된 후에 연부인이 홀연 득병하여 세상을 이별하는지라. 계현의 애통함이 비할 데 없더라.

인간에 마음이 없어 지하로 좇아가고자 마음이 불현듯하되 갑준이 눈앞에 있어 그 형상이 지극히 불쌍하매, 아자를 위하여 구차히 사는 모양이더라.

세월이 여류하여 삼상을 지낸지라. 집안에 主母(주모)가 없어 내정이 황폐하되 부탁할 곳이 없는지라 부득이 재취를 경영하매 좌우에 혼처가 답지하되, 계현이 즉시 허락치 않고 극히 擇娶(택취)하더니, 마침 근처 유씨가에 규수 있으되 색덕이 겸비하기로 유명하더라.

계현이 유씨가에 규랑 있음을 듣고 허혼하여 육례를 갖

추어 신부를 데려온즉, 과연 인물이 절미하여 재질이 민첩하여 족히 巨家大族의 內主가 될 만한지라.

계현이 또한 만심 환희하여 금슬지락이 규밀하나, 다만 갑준을 생각한즉 그 소생이 아닌고로 아마도 간격이 없지 못하리라 하여 의심을 놓지 못하고 지낼새, 출입하는 곳과 침식하는 자리에 잠시라도 떠나면 섭섭하여 심사를 지향치 못하더라.

이러구러 日居月諸하니 또한 유씨에게 태기가 있어 일자를 낳으니라. 이름은 丙俊이라 하고 극히 사랑하나 매양 연씨를 생각하고 때로 눈물을 흘리며 갑준의 정세를 돌아보고 극히 불쌍한 사색을 잠시도 놓지 못하니, 남이 보기에 상서롭지 아니하여 보이고, 유부인의 생각에는 자연히 의심이 더 나더라. 그러므로 장공과 유부인이 금슬은 그릇되지 아니하여도 서로 의심은 없지 못하더라.

차시 갑준이 장성하여 성취를 시키려 할새, 그 근처에 김씨가 있으니 거가대족으로 가세가 饒富하여 九陽이 절등함을 듣고 매파를 보내어 통혼한즉, 두 집이 서로 합의하여 언약을 정하고 혼례를 이룰새, 두 집이 서로 기구를 차리니 위의가 가장 富盛하더라.

일기 화창하여 초례를 順成하고 날이 저물매 월색이 조요한지라.

혼가에서 신랑을 청하여 신방에 들어 밤이 들매, 신인과 동침하여 잠이 깊이 들었더니, 밤은 명랑하고 달은 서천에 걸렸는데 사면이 고요한지라. 홀연 일개 팔척 장신이 칼을 짚고 신방에 달려들어 문을 깨치고 신랑의 머리를 베어 가지고 가니 不知其處이더라.

차시에 신부는 驚魂氣絶하였고 자연히 집안이 경동하

여 일어난즉, 기미 참담하고 심사가 황홀한지라. 급히 신
방에 들어와 본즉, 방문이 破鎖된지라. 놀라 방 안으로
들어가 살펴보니 신부는 기절하였고 신랑은 머리가 간 곳
없는지라. 세상에 이 같은 변고가 또 있으리오. 일가 혼
솔이 大驚擾亂하니, 자연히 일동이 요란하더라.

이때 장공이 이 같은 변고를 당하니 그 마음이 어떠하
리오. 一言半辭 없이 하인을 회동하여 집으로 돌아갈새,
심사를 지향할 길이 없고 정신을 수습하기 어렵더라.

집으로 돌아와 안에 들어와 대청에 좌정하고, 침식을
전폐하고 천명이 자진키를 기다리더라.

이때 신부 집에서는 고금에 없는 변을 당하고 遑遑罔
措하여 어찌할 줄 생각지 못하고 다만 신부는 세상에 살
지 못할 것이라 하여 방중에 가두고 굶겨 죽이리라 하고,
신랑의 시신은 殮襲入官하여 家後에 전도하고 장씨의 분
부를 기다리더라.

차설, 신부가 곳집에 갇혀 있다가 蒼茫한 마음을 진정
하고 驚怯한 정신을 수습하여 깊이 생각한즉 百計無策이
라. 몸이 공연히 죽으면 賤名을 벗을 도리도 없으며, 남
편의 원수도 갚지 못할지라.

이에 한 계교를 생각하여 가지고 그 모친을 잠간 뵈옵
기를 청하니, 그 모친이 불쌍히 여겨 가만히 와서 보거
늘, 김씨 그 모친을 대하여 눈물을 흘리고 말하되,

「소녀 만고에 없는 변을 당한 목숨이 마땅히 바삐 죽
을 것이로되, 자기의 무죄함은 고사하고 신랑의 죽음
또한 괴상한즉 밝혀 낼 도리가 있사오니, 제가 남복으
로 행장을 차리고 錢子로 노자를 갖추어 주시면 불과
며칠에 가히 알 도리가 있을 것이요, 만일 알지못하는

날 돌아와 죽사와도 늦지 아니할 듯하오이다.」

하니, 그 부인이 듣고 이윽히 생각하여 왈,

　「만일 아는 일이 있을진댄 가하거니와, 아는 도리가 없
　다 하여도 앞에서 죽느니보다 나가서 죽는 것이 낫도
　다.」

하고 즉시 행구를 차려 주고 그 부친 모르게 가만히 보
내더라.

　이때 신부가 도령의 복색으로 靑道袍에 色帶를 띠고 복
건을 쓰고 보교를 타고 驅從使命 거느리고　신랑집 근처
로 향하여 동네의 행실 있는 집으로 찾아가니, 과연　한
집이 있으되,

　주인 노파 가로되,

　「주인은 밥 장사도 할 줄 모르고 집이 좁고　누추하여
　행차를 대접하기 어렵습니다.」

하거늘, 下吏 말하되,

　「이 행차는 아무 고을 원님 자제로, 그 부친의 고을로
　가는 길에 홀연히 병환이 나시어 길을 갈 수　없으니,
　방이 누추하여도 상관 없고　음식을 할 줄 몰라도 관계
　치 아니하니, 조용만 하였으면 수일 안에 병환이 차도
　가 계시면 즉시 떠나 행차할 터이라. 賞給이 후하리니
　아무쪼록 방을 치우라.」

한즉, 노파가　응낙하고 방을 정히 치우고 잡인을 금하더
라. 이에 사처를 정하고 병을 조리할새, 잡인을 일절 엄금
하고 노파를 자주 불러 좋은 말로 위로하고 錢糧과 피륙
을 많이 내리시며　진수 성찬에 찬합을 열고 음식을 나누
니, 노파가 첫째는 도령의 인물과 인의가 절등함을 탄복
하고, 둘째는 호언으로 위로함에 감동하고, 세째는 錢子

와 匹帛을 많이 줌을 감복하여 어찌할 줄 알지 못하더라.

이러구러 수일이 지나매 정의가 점점 친숙하여 잠시도 도령의 곁에서 떠나지 않고 백가지로써 도령을 위로하여 병환이 속히 평복하기를 축수하더라.

하루는 밤 깊어 어떤 사람이 와서 노파를 찾는데, 심히 비밀히 수작하는지라. 신부가 정신을 수습하고 가만히 들으니 呼母呼子하는 소리가 필연 모자간인데, 언어는 비밀하여 알지 못하겠더라.

이윽고 사람은 가고 노파는 들어오는지라. 기색이 심히 참담하고 의사가 공집하는 모양이라.

신부가 심히 의심하여 짐짓 노파를 위로하고 상급을 더하여 수작을 길게 하다가 왔던 사람이 누구이며, 밤 늦게 왔다가 돌아간 연고를 묻고 수작은 무엇을 장황히 하였나 하는 것을 낱낱이 물으니, 노파가 그 도령은 차마 欺罔할 길 없는지라, 길이 탄식하고 조용히 여쭈오되,

「노파의 팔자가 기구하여 늦게야 喪夫하고 자식이 없기로 양자를 들인즉, 양자 한 자식이 노모의 뜻을 받지 아니하여 가사를 불고하옵고 주색잡기만 눈을 뜨옵고, 성행이 불량하여 싸움하기와 사람 치기를 즐기옵는고로 노파가 항상 근심하옵더니, 저 안마을 큰 기와집은 張侍郎 댁이온데, 장시랑의 전취 부인 연씨는 천고에 요조숙녀이옵더니, 자제 한 분만 두고 불행히 일찍 喪配하시고 후취 부인 유씨는 또한 인물이 절등하옵고 재질이 능란하시오나 다만 전실 자제를 사랑하지 않기로 시랑이 매양 근심하더니, 전실 자제의 혼인을 아무 곳 김씨 댁으로 지내옵는데 그 유씨 부인이 흉계를 품어 전실 자제를 없애고 제 소생으로 종가를 삼으려 하

여 혼인날 밤에 신랑을 죽이기 위해 돈을 많이 주고 자객을 구한즉, 불초한 자식이 대답하거늘, 노파가 아무리 만류하여도 듣지 않고 그날 밤에 가서 신랑의 머리를 베어다가 유씨 부인에게 바쳤삽더니, 그 뒤로 시랑의 행차가 바로 돌아오시매 유씨가 慌忙恐怯하여 어찌할 줄 모르다가 그 머리를 곳간 속 쌀독에 넣고 곳간 문을 잠갔사옵는데, 장시랑이 돌아오시는 길로 대청에 坐起하옵시고 침식을 전폐하시고 이때까지 그 자리를 옮기지 아니하시니 어찌할 방책이 없는지라. 이러므로 유씨만 근심할 뿐이 아니오라 불초한 자식이 또한 겁을 내어 장차 멀리 도주하려고 노파를 작별하러 왔사온즉, 그 자식의 소행은 죽었사옵건마는 소위 자식이라 칭명하던 것이 멀리 간다 하기로 부득이하여 수작하옵고, 恐怯한 심사와 처량한 심사를 진정치 못하나이다.」

김씨가 주인 노파의 전후 수말을 자세히 듣고 나니 모골이 송연하고 두발이 곤두서는지라.

억지로 마음을 진정하고 그 밤을 지낸 후에 날이 밝자 의복을 정제하고 행장을 수습하여 노파를 떠나 바로 장시랑 댁을 찾아가 시랑께 뵈옵기를 청하니, 시랑이 병을 핑계하고 손님 보기를 거절하거늘, 百端*으로 아뢰어도 듣지 않는지라. 나중에는 아무 동네 아무 집 자식이 중대한 사단이 있삽기로 안으로 들어가 뵈옵기를 청하나이다 한즉, 그제야 들어오라 하거늘, 김씨가 도령의 복색으로 안으로 들어가서 시랑께 뵈옵고 아뢰되,

「과연 제가 남자가 아니오라 窮天之痛한 죄인 子婦이

* 백단 : 수 많은 사단(事端). 온갖 일의 실마리.

온데, 상고하여 볼 일이 있삽기로 염치를 불고하옵고
왔사오니 댁의 곳간문 열쇠를 주시오면 상고하올 일
이 있삽나이다.」

하니, 유씨 부인이 이 광경을 보고 魂飛魂散(혼비백산)하여 어찌할
줄 모르나, 또한 곳간문 열쇠를 내어 놓지 아니하는 수
없어 열쇠를 내어 놓는지라.

신부가 열쇠를 가지고 급급히 곳간 문을 열고 쌀독을
헤치고 보니 신랑의 머리가 있는지라. 이를 보매 분하고
놀라운 말이야 일러 무엇하리오.

그 머리를 안고 시랑의 앞에 나아가 전후 사실을 낱낱
이 아뢰고,

「소녀 천고에 없는 누명을 씻기 위하여 不顧事體(불고사체)하고
이같이 사실을 밝혔사온즉, 이후 조처는 尊舅(존구)의 처분
이오니 소녀는 이제 본가로 돌아가나이다.」

하고, 인하여 하직하고 본가로 돌아와 친정 부모를 뵈
옵고 전후 사실을 낱낱이 고하니, 그 부모가 생각하여도
만고에 없는 大變(대변)이요, 분하고 원통한 가운데도 쾌함을
이기지 못하여 그 딸을 더욱 사랑하며 불쌍히 여기더라.

이때 상시랑이 심씨를 보내고 속시 복함을 짜서 아자
의 머리를 넣고 집에 가진 보물과 전답 문권을 낱낱이 찾
아 목함과 같이 자부에게로 보내고 유부인과 그 소생을
다락에 가두고 앞뒤로 시초를 많이 쌓아놓고 불을 질러
소화시키니, 가련하도다. 유씨 모자의 혼백은 연기를 좇
아 흩어지고 신체는 재에 섞여 사라지니, 福善禍淫(복선화음)되는
이치를 천고에 도망하지 못하겠더라.

장시랑이 집에 불이 붙어 타는 것을 보고 이에 竹杖(죽장)
芒鞋(망혜)로 가는 곳을 남에게 알리지 아니하였더라.

꽃이 떨어져도 열매가 맺히며, 나무를 베어도 움이 돋는 것은 천지간 조화이더라. 뉘라서 능히 짐작하리오.

차시 김씨가 친정에 돌아와서 목숨을 자진하여 신랑을 좇고 여자의 행실을 다하려 하더니, 마침 시집으로부터 사람이 오되 신랑의 머리를 보내어 신체와 함께 묻으라 하며, 자고로 전하여 오던 靑氈舊物과 田畓文券을 모두 다 보내었으니 은근히 중대한 부탁이라.

이러므로 감히 죽지 못하고 구구히 목숨을 보전하더니, 수삼삭이 지나매 복중에 태기가 완연하여 갈수록 배가 높아지더니 십삭이 차매 産漸이 있어 일개 옥동을 순산하니, 이같이 희한한 일이 세상에 또 어디 있으리오.

혼인날 저녁에 신방에 有胎하였던 바일러라.

대변과 환란을 지내고도 능히 무사하여 십삭이 지난 후에 아들을 낳으니, 기쁨과 경사는 이루 측량치 못하겠더라. 그 신통하고 기이함을 어디 비하리오.

아이의 이름은 海龍이라 하고 장중보옥같이 양육하더니, 세월이 여류하여 해룡의 나이 삼사세 되는지라.

신부가 생각한즉,

「해룡의 나이 삼사세 되도록 조부를 뵈옵지 못하여 한함을 견디지 못하고 연이나 존구께서 생존하여 인간의 전후사를 頓絶하고자 하시어 종적을 감추어 계신 것인즉, 해룡이 이미 세 살이 되었으매 天倫之情을 완전케 해야 할 것이요, 또한 내 구구히 목숨을 보전하기는 시부모의 부탁을 맡음이요, 천만의외에 혈육이 있으니 부모를 찾지 아니하리오. 이제 어린 아이 강보를 면하였으니, 나는 노부를 찾아 뫼시고 돌아와 祖孫이 상면하고 餘年을 마치게 하리라.」

212

하고, 이때 남복을 갖추고 행장을 차릴새, 좌우가 만류하되 듣지 않고 굳게 맹세하여 가로되,

　「내 이번에 나서서 존구를 뵈옵지 못하면 살아 돌아오지 아니하리라.」

하고, 조그만 비수를 몸에 감추고 길을 떠나니, 그 부모가 보기에 심히 민망하나 막지 못하여 눈물로써 작별하고 다만 속히 돌아오기를 축수하더라.

　이때 신부가 장차 길을 떠나려 할새, 시비 옥매가 저의 상전의 효심과 節行(절행)을 탄복하다가 같이 다니기를 원하거늘, 신부 왈,

　「이 길은 존구의 存沒(존몰)을 알지 못한즉, 나의 생사도 期必(기필)치 못할 바이라. 어찌 경솔히 좇으려 하느뇨!」

하니, 옥매가 눈물을 흘려 왈,

　「상전이 생사를 불고하시는데, 소비가 어찌 사생을 較計(교계)하오리까. 죽기로써 따르고져 하나이다.」

하니, 신부가 허락하고 奴主(노주)가 같이 남복을 입고 輕寶(경보)를 가져 노비하고 집을 떠나니, 망망한 세상에 어디로 향할 것인지 지향없이 다닐새, 방방곡곡 아니 들어가는 곳이 없으며 처사와 流乞(유걸)과 남의 집 학구 등은 더욱 유의하고 다니더라.

　이러구러 日久月深(일구월심)하매 사면 팔방에 종적이 아니 미친 곳이 없으나 종적이 묘연하여 알 길이 없더라.

　이때 奴主(노주)는 瑞寧(서령) 땅 無人之境(무인지경)에 이르러 행장에 남은 貯資(저자)를 다 빼앗기고 겨우 목숨을 도모하여 이로부터 행중에 재물이 없고, 이곳은 인심이 강박하여 주막과 여염간에 용납하는 도리가 없는지라. 기한이 자심하고 고초를 이루 말할 길이 없더니, 하늘이 무심하시어 하루는 인

가에서 몸을 붙여 주지 아니하는고로 동구 밖 城隍神社^{성황신사}에서 奴主^{노주}가 밤을 지내더니, 非夢似夢間^{비몽사몽간}에 백수 노옹이 일러 왈,

　「그대의 존구는 不遠之地^{불원지지}에서 佛寺^{불사}를 의지하고 있거늘 그대는 헛되이 心力^{심력}을 허비하고 타향에서 방황하니 이는 勞而無功^{노이무공}하리라.」

하거늘, 신부가 놀라 깨니 南柯一夢^{남가일몽}인데 노옹의 이르는 말이 역력하거늘, 노주가 서로 꿈 이야기를 말하고 날이 새기를 기다려 길을 回程^{회정}하여 고향 근처로 다시 오며 절간을 찾을새, 大小刹^{대소찰}간에 절이라면 낱낱이 들어가서 자세히 살피더니, 자연히 세월이 여류하여 노주가 집을 나온 지 삼년이요, 세상을 週遊天下^{주유천하}하여 아니 미친 곳이 없더라.

　일일은 方丈山^{방장산}에 이르니, 이곳은 산수 유명하고 三韓^{삼한}大刹^{대찰}이 있으니 深邃閑寂^{심수한적}하여 짐짓 티끌이 먼지라. 大法^{대법}僧^승과 小末僧^{소말승}이 많이 있어 장려함을 이루 형언치 못하매, 풍습이 아름다와 보는 사람으로 하여금 석가여래의 도를 배우고자 하는 생각을 짐짓 못하겠더라.

　김씨 노주가 이에 이르매 또한 심신이 황홀하여 세상사를 버리고 중이 되어 도를 닦고 싶은 마음이 있어 수일을 지내고 동정을 자세히 살핀즉, 도승이 많이 있으되 한편 고요한 방에 도승 하나가 있는데, 형용과 風情^{풍정}이 수상한지라. 좌우에 있는 중들을 데려 그 내력을 물은즉, 대답하되,

　「그 대사는 이 절에 온 지 오륙년에 별로 언어가 없고 또한 출입이 없는고로 그 내력을 감히 물을 길이 없고 제승에 대접이 자연 공경하여 다만 도승인 줄만 알

　뿐이라.」

하거늘, 김씨가 그 방에 들어가 자세히 본즉, 십분 無疑(무의)하여 가로되,

　「장시랑 대인이 아니시니이까! 소년은 아무 촌　김씨의 아무로소이다.」

　노승이 그 말을 듣고 크게 놀라 자세히 보다가 流涕(유체)하여 느끼며 가로되,

　「네 무슨 일로 이곳에 이르렀느뇨.」

　김씨 대왈,

　「小堂(소당)은 진작 세상을 잊사올 것이로되, 존구께서 보내어 부탁하신 것이 있삽기로　감히 경솔치 못하옵고 자제하옵더니, 천만의외에 첫날밤에 有胎(유태)가 되와 아들을 생하온즉, 이는 古木生花(고목생화)이오라. 아이의 나이 삼세 되오매 天倫之義(천륜지의)를 존구께 고하올　차로 不遠萬里(불원만리)하옵고 삼년 만에야 뵈옵나이다.」

하거늘, 시랑이 더욱 놀래어 가로되,

　「과연 참말인다. 세상에 이같이 또 희한한　일이 있는가. 하늘이 나로 하여금 아주 죽지 아니하게　하심이요, 너의 出天之孝(출천지효)와 情烈(정렬)에 感應(감응)하심이라. 연약한 여자의 몸으로 삼년을 도로상에서 풍상인들 오죽하며 그 景狀(경상)이 어떠하리오. "이는 모두 다 내 허물이로다.」

　김씨가 다시 엎드려 집으로 還次(환차)하심을 애걸하니,　시랑 왈,

　「내 이미 세상을 하직하였더니, 이제 네 정성이 지극하니 아니 돌아갈 수 없도다.」

하고, 즉시 행장을 수습하여 절간의 모든 중과 작별하고 山門(산문)을 나오니라.

화설, 김씨가 시부를 찾아 모시고 고향에 돌아와 祖孫이 상면하니, 이는 죽은 아저씨가 살아온 것 같고 망하였던 집이 다시 흥함일러라.

차시 해룡이 육칠세 되었는데, 기골이 준수하고 지혜가 총민하니, 그 조부의 기쁨이 어떠하리오.

차시 名地를 가리어 새로 집을 건축하고 시랑을 사랑에 뫼시고 효행이 극진하며, 아들 해룡의 교육에 힘쓰고 시비 옥매로 더불어 治産에 힘쓰니, 본래 거대하던 가산이라. 凡百이 절차가 있으매 상하간에 화목하고 내외가 정제하여 지내매, 장시랑이 또한 슬픔을 저버리고 낙으로 지내더니, 이때 김씨의 이웃집에 한가지로 생장하던 여자 있으니, 인물이 절미하고 지혜가 총민하므로 어려서부터 김씨와 더불어 情誼가 규밀하더라.

일찌기 타인에게 출가하였다가 불행히 상부하여 청년 과수가 되거늘, 차시 김씨가 그 시부의 鰥居하심을 매양 민망히 여기다가 이 여인의 寡居함을 보고 마땅히 結緣하고, 조용한 틈을 타 시부께 고하여 첩으로 정하시기를 권하니, 시랑이 처음에는 허락치 아니하였다가 나중에는 자부의 효성을 어기기 어려워 부득이 허락하니, 이에 과수를 데려다가 서로 섬길새, 또한 정성을 다하여 和氣靄靄하더라.

그 과수의 성은 花氏니, 화씨가 시랑을 극히 敬待하고 명분을 밝혀 뜻을 어기지 아니하니, 家道가 아름답고 사람마다 칭찬이 不已하더라.

차시 시랑이 또 극히 사랑하여 금슬이 규밀하나, 다만 그 자부 알기를 세상에 짝없이 아는고로 비록 자부 공경하여 매사를 그 자부와 의논치 아니하는 일이 없고, 그 자부의 뜻을 어기는 일이 없는지라.

화녀가 이미 시랑의 사랑함을 입어 별실의 지위에 처하매, 김씨에게 서모라. 거가의 권세를 잡지 못하므로 분울한 마음이 많으나 김씨의 정성이 지극하고 行禁이 엄숙하매 감히 누를 도리가 없고, 또 시랑에게 이간도 경술히 하지 못할지라.

이에 더욱 조심하여 저의 도리 극진하니, 그 마음을 아는 자 없더라.

속담에 이르기를 「은혜가 원수 된다」하더니, 화씨가 김씨의 은혜를 입고 겸하여 어려서부터 한가지로 생장하여 정의가 친밀한지라. 그 속에 다른 뜻이 있을 줄이야 귀신인들 어찌 측량하리오.

겸하여 평일에 안색이 和悅하고 언어가 공손하며, 행동이 유순하고 정의가 더욱 친밀하게 지내니 조금도 의심할 자 세상에 없더라.

차설, 시랑의 후취 유씨의 동생이 있으니 이름은 得龍이라. 학업에 힘써 문식이 유명하더니, 경사에 올라가 과거하여 일찌기 청운에 득의하여 임군을 섬겨 功名에 進就하여 있을새, 그 때에 매씨의 喪變을 듣고 심히 참악히 여기며 또한 괴이히 여기더니, 이 때에 關東太守를 除拜하시매 가히 錦衣還鄉이라.

관부에 도임한 후에 장시랑으로 종종 왕래하거늘, 화녀가 은근히 헤아리되 「이는 千載一時의 기회라」하고, 은근히 밖으로 유태수와 親結하고 안으로는 시랑의 뜻을 받기를 더욱 힘써 김씨의 權을 빼앗으려 하여 먼저 태수에게 기별하기를,

「이왕 유부인의 죽음은 진실로 원통하니, 그 실상은 김

씨의 환통함이 많은데, 다만 시랑이 과히 후덕하고 너
무 자애하기로 속음을 깨닫지 못함이라. 다른 날 이를
듣고 보면 차차 아오실 도리 있으리이라.」
하니, 유태수 본디 매씨의 사적이 모호함을 의심하여 혹
원통함이 있는가 짐작하였더니, 차시 화녀의 말을 듣고
더욱 의심하더라.
　일일은 화녀 시랑의 침석에서 閑談説話를 하다가 유씨
의 말이 나는지라. 화씨 참담한 기색을 띠어 은근히 탄
식하다가 스스로 말하되,
「세상 일이 증거라 하는 것도 없지 아니한 것이로다.
　유씨 부인인들 지하에서 어찌 원통치 아니하리오.」
　시랑이 그 말의 根因을 다시 물은즉, 화씨 백배 사죄
왈,
「경솔히 발한 말이니 과연 근인이 없거늘, 이같이 다
　시 물으시니, 그 죄가 죽기를 청하나이다.」
하거늘, 시랑이 강박치 못하여 묻기를 그치고 往事를 낱
낱이 생각하여 본즉,
「갑준의 머리를 비록 광에서 찾았으나 내 일찌기 유
　씨에게는 한 말도 문초한 것이 없이 죽인 것이 너무 促
　急하였도다. 경솔함을 면치 못하리로다.」
　이같이 반복하여 생각할 적에 화씨는 점점 짐작하고
짐짓 잠든 체하고 있으나 동정을 정신 차려 살피더니,
시랑이 화씨는 잠든 줄 알고 탄식불이하다가 촉급하고
경솔함을 탄식함이 부지중에 입밖에 나거늘, 화씨가 그
제야 시랑이 김씨를 의심하던 마음을 짐작하고 「이제는
내 계교가 행하리라」 하고 때때로 김씨의 短處를 發作
할새, 매양 제 입으로 바로 일컫지도 아니하며 시랑에

게 바로 말하지도 아니하고, 반드시 사람을 시켜 과거 설화를 시랑의 귀에 들어가면 의심될 만큼 하니, 과연 시랑이 의심되는 사단이 점점 깊어 전후사를 생각하여 본즉, 신혼 여자가 남복으로 나서서 주막에 주유한 일도 규중 부녀의 행사가 아니요, 또 다시 남복으로 周遊八方^{주유팔방}한 일도 여자의 못할 일이라. 생각할수록 두려운 마음이 나서 평일에 사랑하던 마음이 풀려진즉, 자연히 사색이 전일과 대단히 다른지라.

이로부터 화씨가 틈을 얻어 날마다 奸言^{간언}으로 참소하되,

「어린 신랑이 첫날밤을 다 지내지 못하였는데, 수태하여 생남한 것이 천하에 희한한 일이라.」

하고, 겉으로는 좋은 말로 하나 속으로는 의심이 되게 한즉, 시랑이 점점 의심이 깊어 해룡도 진정 손자로 알지 아니하니, 김씨 그 사색을 짐작하고 분한 마음이 측량없으나 하늘과 땅에나 하소연하며 귀신에게나 증거할까. 어느 곳에 말할 수 없는 일이라.

즉시 자결하여 세상을 잊고자 하다가 다시금 생각한즉, 경솔히 죽으면 의심이 더욱 돌아와서 누명이 중할지라. 억지로 잔명을 보전하고 있다가 「무슨 생각이 있으리오.」 하고 주야 눈물로 세월을 보내고 탄식으로 일을 삼아, 하늘이 무심하심을 원망하고 전후 事狀^{사상}을 자세히 알기는 시비 옥매러라.

옥매 천성이 사내 같고 의기 일월 같은 마음으로 萬古^{만고} 貞節^{정절} 백옥 같온 김씨 부인이 이같이 누추한 의심을 받고 있는 것을 본즉, 원통하고 분한 마음을 이길 수 없어 혼자 헤아리되,

「이는 모두 다 화씨의 꾸민 일이라. 제가 부인의 은덕 갚기는 생각지 아니하고　도리어 원수로 대접하여 요악한 태도와 간사한 말로 만고정절을 이같이 모함하니, 내 마땅히 이 같은 인생을 죽여 후환을 없이하고　나도 같이 죽어 분한 마음을 雪恥(설치)하리라.」

작정하고 죽일 꾀를 생각하되, 도리 없는지라.

이에 重價(중가)를 주고 독약을 구하여 만반 진수를　맛있게 장만하고　독약을 섞어 화녀의 방에 들어오는지라.

화녀가 요악한 태도로 음식을 제가 먹지 아니하고　시랑에게 올리니, 시랑이 사양치 아니하고 한 그릇을 早食(조식)한 후 자리를 옮기지 못하고 세상을 하직하는지라.

화녀 또한 대경하여 어찌할 줄 모르다가 이윽히　생각하되,

「이 일은 마땅히 告官(고관)하여 公決(공결)하리라.」

하고, 유태수에게 통기하여 전후의 죄악을 모두 다 김씨에게로 돌려 보내는 뜻으로 글을 적어 밀통하되,

「이번에 김씨를 잘 다스리면 유씨 부인의 원통혀 죽음도 雪恨(설한)이 되리라.」

하였거늘, 유태수가 평생에 그 매씨를　원통히 여기다가 화녀의 말을 듣고 의심이 깊이 들어 김씨를 절통히 한하더니, 차시 장시랑의 상변이 나매 화녀의 밀통을 얻으니, 전후 곡절이 소상하고 분명한지라.

「천지간에 이 같은 죄인이 또 어디 있으리오.」

하고, 즉시 差使(차사)를 발하여 김씨를 잡아 옥에 가두고　명사관을 정하여 전후사를 원수로 설치하려 하매 어찌 晏然(안연)하리오.

즉시 관문에 自見(자현)하여 저의 죄를 自服(자복)하고 상전을 구

하려 하더니, 이미 화녀의 밀통이 먼저 들어왔은즉,

「이제 옥매를 잘못 문초하다가 옥사가 번복될 것이요, 유부인의 雪冤(설원)할 도리도 없을 터이니 옥매는 다른 옥에 牢囚(뇌수)하여 문초하지 마시고 오직 김씨만 문초하여 옥사를 歸定(귀정)한 후, 옥매는 별도로 처치하라.」

하였거늘, 태수가 옳게 여겨 옥매는 별도로 다른 옥에 뇌수하여 문초하지 아니하고 김씨만 악형을 갖추어 문초한즉, 김씨가 다만 죽기만 재촉하고 혀를 물어 끝을 자르고 다시 한 마디 말이 없는지라. 온갖 악형을 갖추어도 눈을 감고 그 형벌을 받으며 緘口無言(함구무언)하는지라. 태수 또한 근심으로 지내더라.

옥매가 옥사를 발명할 차로 自見(자현)하였으나 즉시 잡아 깊은 옥에 가두고 다시 외인을 상통하는 수 없는지라. 심중에 화녀와 유태수가 부동하여 김씨를 급히 해할 줄 짐작하고 초조함을 이기지 못하다가 한 계교를 생각하고 옥사장이를 청하여 차던 패물 등으로 뇌물을 주고 애걸 왈,

「내가 죽기로 자처하니 영결차로 아우 금매를 불러 상면케 하여 달라.」

간청한즉, 사장이 허락하고 금매를 불러 상면을 시키는지라. 금매가 이에 옥사 소식을 물은즉 만분 위급하거늘, 형제가 의논 왈,

「내가 죽을 일에 부인이 綱常(강상)*으로 죽을진대, 나는 지하에도 용납치 못할 만고 죄인이라. 내가 옥에만 갇혀 있으면 부인을 구하는 계교가 없으니 네가 마땅히 내 대신으로 갇혀 있으면 내 별반 도리가 있겠노라.」

＊강상 : 삼강(三綱)과 오상(五常). 곧 사람이 지켜야 할 도리.

하거늘, 금매가 개연히 허락하는지라. 이에 금매에게 일러 왈,

「無物(무물)이면 不成(불성)이라. 여한 재물이든지 백여 금만 가져다가 옥사장을 주고 옥문을 열어 달라 청하면 가히 될 것이니, 형제가 모인 후에 의복을 바꾸어 입고 내가 나가면 제 어찌 알리오. 바삐 행하라.」

하니, 금매가 즉시 돌아가 백금을 구하여 가지고 와서 다시 와 옥사장에게 문을 열어 형제가 잠간 면대하기를 애걸하니 이때는 마침 밤이라. 寂寂無人(적적무인)하거늘, 사장이 재촉하여 들여 보내고 재물을 탐하는지라.

금매와 옥매가 서로 옷을 바꾸어 입고 금매는 옥에 있고 옥매는 나오니 사장이 어찌 짐작하리오.

옥매가 옥중을 떠나 밤으로 행장을 차려 경사로 올라갈새, 주야로 행하여 不期日(불기일)에 경성에 득달하여 冤情(원정) 일장을 지어 가지고 升聞鼓(승문고)*를 울린즉, 차시 황제가 경동하시어 연유를 물으시니, 원정 일장을 올리거늘 하였으되,

「이 신첩은 관동 김씨가 일개 비복으로 김씨가의 소저를 섬길새, 소저보다 신첩이 두 해를 먼저 낳았삽기로 어려서부터 사적을 微細事(미세사)까지라도 신첩이 알지 못하는 바가 없사오니, 소저의 천성이 端嚴(단엄)하옵고 孝烈(효열)이 출천하와 어려서부터 閨門(규문)에 사범이 되올러니, 장성하오매 장씨가와 결혼할새 초혼야에 신랑의 머리를 잃사온즉, 自憤必死(자분필사)하고자 하옵다가 백단 무죄하옴을 발명할 뿐 아니오라 시랑의 원수를 雪恥(설치)하려 하와 남복으로 개착하고 窮心覓得(궁심멱득)하온즉, 신랑의 계모 유부인의

---

*승문고 : 신문고(申聞鼓).

소위라. 신랑의 머리를 찾아 장시랑에게 드린즉, 시랑이 대로하여 그 집 世傳舊物과 전답 문권과 신랑의 머리를 김씨에게로 보내고 즉시 섶을 집 좌우에 쌓고 불을 놓아 유부인 모자를 소멸하고 산중에 숨었삽더니, 천만의외에 김씨가 초혼야에 수태하여 십삭 만에 생남하온즉, 인간에게 截存亡하는 날이오라 조손이 상면 아니하지 못하리라 하고 다시 남복으로 주유팔방하여 그 시부를 모셔다가 조손이 團聚하오니 완연히 慶家가 되는지라. 그 시부의 憂虞洋洋함을 가장 민망히 여겨 미천한 화씨 여자를 천거하여 시부의 소실을 삼고서 서로 섬길새 효성을 지극히 하옵더니, 화녀가 그 은혜를 잇삽고 일문의 傳世와 재물을 탐하여 김씨를 참소하오니, 만고 정절에 천지간 누명으로 해하려 하오니, 이 같은 변고가 어디 있사오리까. 신첩이 분심을 참지 못하와 음식을 맛있게 하여 독약을 타서 화녀에게 권하였더니, 의외에 시랑공이 橫厄으로 辛苦하옵고 화녀가 유태수 등롱과 부동하여 애매하온 김씨를 綱常을 범한 죄인으로 해하려 하온즉, 위급하옴이 조석에 있삽기로 신첩이 죄를 자복하올 차로 自見하였삽더니, 뒤 옥에 깊이 가두고 供招를 받지 않삽기로 신첩이 謀計를 꾸며 도망하여 이제 황성에 주야로 倍道하여 天陛에 드리오니, 급히 왕법을 밝히사 신첩을 죽이시고 김씨를 表旌하사 일후라도 聖德에 누가 없게 하심을 천만 복망하나이다.」

하였더라.

황제 覽畢에 크게 진노하시어 刑部侍郎 鄭仁忠으로 按覈使를 제수하시고, 옥매를 데리고 관동에 내려가 옥사

를 사실하여 즉시 奏達하여 김씨의 효열과 옥매의 충의
를 표정케 하라 하시니, 정인충이 수명하고 옥매를 데리
고 즉일로 발행하여 갈새, 晝夜倍道하여 관동에 이르러
관아에 坐起를 차리고 將差를 발하여 화녀를 잡아들여
형구를 차려놓고 옥매와 대면 후 문초할새, 위엄이 엄숙
하고 호령이 추상 같은지라. 먼저 옥매가 대답하되,

　「김씨 부인의 효행과 정절은 고금에 없거늘, 화녀가 김
　씨의 은혜를 받고 갚기는 생각지 아니하고 도리어 참
　언으로 근인을 삼았사온즉 소녀가 분기를 참지 못하
　여 화녀를 제어하려 할새, 다른 도리 없삽기로 독약을
　구하여 화녀에게 전하온 것이 그릇 시랑이 중독하였사
　오니, 처음 죄도 萬死無惜이오나 지금 상전을 鴆殺*하
　온 죄인이 천지간 도망치 못하올지라. 官庭에 자현하
　와 죄범을 설명하려 하온즉, 깊은 옥에 가두고 김씨 부
　인에게만 굴복 받으려 하오니 어찌 冤抑치 아니하오리
　까. 이로 인하여 천폐를 어지럽히오니 그 죄를 아울
　러 다스리소서.」

하고, 그 다음에 유태수에게 치옥하던 사실을 질문한즉,
유태수가 답하되,

　「그 일이 화녀의 가사라 화녀가 자세히 알 듯하도다.」

하거늘, 즉시 화녀를 문초한즉, 화녀가 不下一杖에 생각
하되,

　「시세 이미 기울어진지라. 진작 바로 供招하느니만 같
　지 못하리라.」

하고 아뢰되,

　「당초에 김씨의 행실은 전후에 無欠하오나 김씨의 권

─────────────
*짐살 : 짐주(鴆酒)로써 사람을 죽임.

세를 앗으려 하와 이간하온 일이 있삽더니, 천만의외

시랑이 독약에 작고하온즉 형세 서로 仇讎 되어 勢不

兩立이라 유태수를 재촉하여 김씨를 제어하는 것만 같

지 못하다 하고 이같이 하였사오니, 萬事無惜이라.」

하거늘, 정인충이 모든 공초를 받아 황제께 주달하오니,

황제께서 勅旨를 내리시되,

「화녀는 교살하고 유태수는 파직하여 庶人을 삼고, 김

씨는 효열 부인으로 봉하고 옥매는 죄를 사하여 忠婢

旌閭門을 주라.」

하시고, 김씨에게 명부직첩을 내리시어 입시하라 하시니,

이때 정인충이 조서를 받자와 반포하니 김씨가 천은이

망극함을 北向謝拜하고, 즉시 노복을 거느려 시랑의 시

신을 염습입관하여 선산에 안장하고 화녀의 시신도 또

한 산하에 안장하고, 슬픔을 이기지 못하여 시랑 묘전에

제전을 배설하고 제분을 지어 제할새 애통 기절하니, 그

경상을 보는 사람이 뉘 아니 체읍하리오. 자진하여 不省

人事하는지라.

옥매가 부인을 구호하여 집에 돌아와 지성으로 구호하

매, 김씨가 오랜 후 정신을 진정하여 수일 조리하고 드

디어 하자 해룡과 옥매를 데리고 가정을 노복에게 맞기

고 경사로 올라올새, 여러 날 만에 황성에 득달하여 황

제의 명을 기다리더니, 차시 황제께서 김씨의 상경함을

들으시고 입시하라 하시니 김씨가 해룡의 상복을 벗기

고 命婦의 복색으로 아자를 데리고 謁闕謝恩하오니, 황

제께서 김씨를 인견하시고 기특히 여겨 대단히 칭찬하

시고 그 烈行을 포장하시며, 그 간 환란을 다시 위로하

시고 또 해룡의 위인을 사랑하시며 불쌍히 여기사 자주

입시하라 하시니, 이때 해룡의 나이 십세라. 얼굴이 관옥 같고 이목이 일월 같으니, 헌앙하여 총명이 출중하매 황제께서 앞에 앉히시고 모르시는 말씀을 經書를 引證하여 대답이 여류하니, 황제께서 더욱 기특히 여기시어 공주가 결혼하기를 有意하시니, 이때에 혜선공주 연기 또한 십삼세인데 인물이 화려하고 기질이 출중하여 황제께서 극히 사랑하시더니, 이제 해룡의 위인이 절등함을 보시고 짐짓 배필로 짐작하사 미리 언약을 정하시니, 김씨가 천은을 황송히 여겨 감히 대답하지 못하고 천지 한미한 집 자식이 공주의 배필로 당치 못한 줄로 사양하니, 황제께서 재삼 돈수하시고 이로부터 극히 사랑하사 자주 입시하게 하시고, 보화와 전곡을 많이 賜送하시어 김씨의 생업을 도와 주시고 고명한 선생을 택하여 학업을 힘쓰게 하시니, 학문의 영광이 비할 데 없으며 해룡의 공부가 일취월장하여 문장과 학업이 제일일러라.

　화설, 日居月諸하매 해룡의 연기 이십여 세에 이르매 황제께서 환희하사 공주의 혼례를 택일하니 불과 一旬이라.

　황제께서 일자 촉급함을 염려하사 은금 보화와 갖은 채단을 김씨에게 내리시고 혼구를 차리시더니, 어느덧 길일이 당하매 해룡이 威儀를 차리어 갈새 기구 굉장하여 보는 사람이 칭찬 아니할 이 없더라.

　공주가 칠보 단장으로 예를 행하고 교배할새, 생이 공주를 바라보매 온순한 덕행이 외모에 나타나는지라. 차례를 파하고 황상과 황후께 배알하니, 황상 兩位의 기쁨이 더욱 비할 데 없더라.

　이러구러 日落西山하매 신방을 차릴새, 생이 홍촉을 잡

아 신방에 이르매 공주가 시녀를 거느려 일어나 맞으매, 생이 팔을 들어 좌정하여 공주의 色光을 못내 사랑하다가 야심한 후에 공주의 옥수를 이끌어 雲雨之樂을 이루고 익일 평명에 황상 황후께 新定拜見하니, 황상이 해룡의 손을 잡으시고 못내 사랑하시며 戶部에 하교하사 駙馬宮을 새로 건축한 후 그리로 거접케 하시고, 부마로 刑部尙書를 지키시고 김씨 부인으로 太夫人을 봉하시고 장공을 追贈하시니, 부마가 사양하여 상표하니 상이 끝내 不允하시니, 부마가 할일이 없어 謝恩肅拜하고 궁에 돌아와 태부인께 사연을 말씀하니, 태부인이 더욱 천은을 망극히 알더라.

차시 부마가 공주로 더불어 태부인께 효도를 극진히 하니, 태부인이 매양 前事를 생각하고 두굿기를 마지 아니하더라.

興盡悲來는 古今常事라. 태부인이 홀연 득병하여 백약이 무효하다가 세상을 버리니, 부마가 망극함을 이기지 못하다가 자녀를 거느려 발상하고 예를 다하여 삼삭 만에 선산에 안장하고, 예절을 다하여 삼상을 받들고 즐기다가 연만하여 자녀손을 효행으로 극진히 교훈하며 삼십년 王樂을 누리다가 從天하니라.

이 사적이 진실하기로 대강 기록하노니, 대저 이 사적을 보아도 暗室에서 마음을 속이나 神明의 눈은 번개 같아서 福善禍淫이 그림자의 형상을 따름과 같으니, 어찌 두렵지 아니하리오.

〈활판본〉

● **編著者 略歷**

金起東 ： 東國大學校卒. 文學博士
　　　　前 東國大學校 敎授
　　　　主著「韓國古典小說硏究」

全圭泰 ： 延世大學校卒. 文學博士
　　　　現 全州大學校 敎授
　　　　主著「高麗歌謠의 硏究」

이봉빈전 · 김학공전 · 이춘풍전 · 김씨열행록
한국고전문학 100 ⑤

1994년 8월 10일 인쇄
1994년 8월 20일 발행

편저자　김 기 동
　　　　전 규 태
발행인　최 석 로
발행처　서 문 당

서울특별시 마포구 서교동 459-11
등록일자　1973. 10. 10.
등록번호　제7-69호
전　　화　(322) 4916~8